JN318529

身も心も

妻は、くノ一　3

風野真知雄

角川文庫
15561

目次

第一話　赤いカラス

下男の辰吉《たつきち》の汚らわしい笑顔が、目の前にあった。人間を愚弄《ぐろう》して生きてきたこれまでの人生がうかがえるような、ふてぶてしい笑いだった。

それでも、くノ一としてここ本所中之郷《ほんじょなかのごう》の平戸《ひらど》藩の下屋敷に潜入している織江《おりえ》は、この男の正体がわからないため、声を上げて助けを求めることができずにいた。これは何かの罠《わな》なのかもしれない。

騒ぎをつくることで、織江をここから追い払おうという魂胆も考えられる。元藩主松浦静山《まつらせいざん》が屋敷内に隠した平戸方の忍びかもしれない。この仕事は、あらゆる危難を想定しておかなければならないのだ。

「ふっふっふ。つきたての餅《もち》じゃな」

まだ静山の口真似をしている。

嫌悪がふくれあがって、破裂しそうになる。それでも耐える。身をまかせ、もてあそばれて生きのびる手管も、くノ一にはある。

――ごめんね、彦馬《ひこま》さん。

織江は胸のうちで夫に向かって叫んだ。

——これがくノ一の仕事なの。

つくづく嫌な仕事だった。それでもどこかで自分はこの仕事を選んできたのだった。なぜなのか。母と同じ道だからか。

辰吉の顔が、胸に張り付いた。べたっとした感触があった。

織江は気を失った。いや、これからの事態に耐えるため、わざと意識をなくしたと言ってもいいかもしれない。

すると、瞼《まぶた》の裏の暗黒の端に、流星が見えた。流星は赤く、尾を引くように流れ、こっちに迫ってきた。

それは速きものの気配だった。

織江は咄嗟に矢が飛んできたのかと思った。

違っていた。

突然、すぐそばでけたたましい鳴き声が響いた。

「うわっ」

辰吉が驚いて、のしかかってきていた身体を起こした。

静山の飼い犬、赤犬のマツだった。

マツは開いていた障子のあいだから、織江を見た。蘭語《らんご》の書物を手に取った賢い少年のような目をしていた。

「マッ……」

織江がつぶやくと、マツはいっきに隙間をすりぬけ、辰吉に飛びかかった。辰吉は咄嗟《とっさ》に左手でこれを避《よ》け、マツは辰吉の袖口《そでぐち》に食いつくかたちになった。びりびりと生地が破れる音がした。

「この野郎」

辰吉はこぶしで殴りつけようとした。

マツはそれをかわし、いったん土間のところにもどって、ふたたび激しく吠《ほ》え始めた。

宵闇の中をマツの大きな鳴き声が響き渡る。甲高く、しかも水晶の固まりのような重みを感じさせる声である。そう大きくない身体から、これほどの声が出るのかと驚くほどである。

「やかましいぞ、これ。吠えるでない」

辰吉は静山の声色を使って、静かにさせようとした。だが、犬には通じない。ひどく嫌らしく、同時に素人芝居の忠臣蔵のように滑稽《こっけい》な光景だった。

あまりうるさいので、寝ていた下働きの二人も起きたらしい。向こうの長屋でも、戸を開ける音がした。

辰吉はようやく織江を陵辱するのを諦《あきら》めたか、土間に降り、腹いせにマツを蹴《け》ろうとした。マツはひるむことなく吠えつづける。

「御前さまの犬よ！」

と、織江は叫んだ。自分を助けてくれたマツが蹴られるのは堪《たま》らない。

「うっ……」

一瞬、ためらったその隙に、マツは辰吉の足に食いついた。その勇敢さ、けなげさは、胸が熱くなるくらいだった。

「痛《い》てて！」

辰吉はたまらず足を振る。マツはさっと飛びすさった。

「やっぱりぶちのしめてやる」

そのとき、

「どうしたんだ？」

と、弥助爺《やすけじい》さんが顔を出した。酒を飲んで寝込んだというが、これだけ犬が騒げば目も覚めたのだろう。その後ろからすぐ、若い藩士——静山がつづる『甲子夜《かっしや》話《わ》』の清書の手伝いなどもする藩士が、

「何をしているのだ」

「くそっ」

刀に手をかけたまま、戸口のところに立った。

「いえ、別に」

「犬が騒いでおったではないか。あの犬は身内の者には吠えぬぞ」

「いえ、あっしのことを曲者《くせもの》だと勘ちがいしたみたいで」

と、辰吉は憎しみのこもった目でマツを睨《にら》んだ。

藩士は一通りこの一画を見回り、安心したらしく、

「マツ。もどるぞ。静山さまもそろそろおもどりだろう」

と、声をかけ、自分たちの長屋のほうに引き返していった。

と、そこへ向こうから矢のようにもう一匹の赤犬のタケが走ってきた。どこか遠くでマツの声を聞き、急いで駆けつけてきたが、騒ぎはすでに終わっていたというところだろう。マツがもうおとなしくしているので、闘志をそがれたように座りこみ、夜空に向かって、「なんだよ」というように、

「うおおん」

と、一声吠えた。

齧《かじ》られた辰吉の足から、血がにじんでいた。

織江は気づいたが、内心でざまを見ろと毒づき、しらばくれた。

「早く焼酎《しょうちゅう》でもかけないと、毒が回るぞ」

と、爺さんが言うと、辰吉は織江に向かって、

「お里《さと》、おめえ、買ってきてくれ」

と、図々《ずうずう》しいことを言った。いったい、どういうやつなのか。

「そんなもの自分で買ってきな」

織江はしゃがみこんで、まだ長屋の前にいたマツの首を撫《な》でた。尻尾《しっぽ》を振ってくれている。この前、ほんのすこしだけ触れ合ったことで、仲間だと思ってくれたのだろうか。

「ありがとうね」

と、織江はマツの耳元で囁《ささや》いた。

一

師走《しわす》も押し詰まってきた。

この日――。雙星《ふたぼし》彦馬は約束があった。平戸藩下屋敷で、元藩主の松浦静山とともに星や月の観測をすることになっていた。

平戸にいるころから、元藩主の静山公は、天文学に興味があるとは聞いていた。

だが、それはしょせん殿さまの多彩なご趣味の一つで、気まぐれに高価な望遠鏡を

のぞき、月がよく見えるのに満足する程度だろうと思っていた。

ところが、とんでもない。素晴らしくくわしいのである。目印になる星の名はほとんど知っているし、基本的な文献も読んでいる。星の運行、月の軌道の知識もほぼ間違いない。彦馬が知らない南蛮の天文学の知識もかじっている。どうやら幕府の天文方から得た知識らしい。

しかも、江戸にいながら、平戸での彦馬の勉学ぶりもちゃんとご存じだった。彦馬が購入し、読んでいた書物から推測していたらしい。

そんなわけで、これからは天体の観測をしながら、巷《ちまた》の不思議な話もするという日が増えそうな気配だった。これが子どもたちを教えたり織江を捜したりする昼間の時間を奪われるとなると、彦馬も二の足を踏むが、なにせ天体観測は夜に限られる。むしろ、その日を楽しみにするくらいだった。

ただし、この日は朝からあいにくと雲がたれこめていた。この分だと夜になっても晴れそうもない。今宵《こよい》は中止だろうと思っていたら、手習いが終わったころ、なんと法深寺に静山が顔を出したのである。

「御前……」

「よう」

着流しに暖かそうな綿入れを羽織っている。刀を一本、落とし差しにし、朱色の鞘が輝くほどに光っている。静山はお洒落である。しかも、江戸っ子が渋い通好みのお洒落をするのとは反対に、派手で目立つお洒落を好んだ。

　庭のほうに姿を見せた静山に恐縮し、

「御前。わざわざこのようなところに」

「なあに、ついでに足を延ばしただけだ。ここか、そなたが子どもたちを教えているところは」

　と、興味深げに中をのぞくようにした。六畳二つのつづき間になっているが、子どもたちが入ると狭く感じられるほどである。

「はい。この和尚《おしょう》にもご挨拶《あいさつ》させましょう」

「よいよい、そのうち顔を合わせたときで。それより、さっき千右衛門《せんえもん》のところで面白い話を聞いてきた」

　と、静山は縁側に腰を下ろした。

「千右衛門に……?」

　この五日ほど、千右衛門とは話をしていない。一昨日も西海屋《さいかいや》の前を通ったが、あまりにも忙しそうで、挨拶だけして通り過ぎていた。

「赤いカラスがいたらしいぞ」

「赤いカラスですか？　白ではなく?」

「うむ」

静山はにやりとした。

彦馬は、『甲子夜話』の話を思い出した。たしか四、五巻あたりに載っていたはずである。長い話ではない。

天明《てんめい》の末である――。

京都の近くの村で獲れた白いカラスが朝廷に献上された。皆、これはめでたい前兆と喜んでいたが、翌年京都は大火事になり、御所まで燃えてしまった。

松平信濃守《まつだいらしなののかみ》が言うには、白いカラスはめでたいものではなく、「城枯らす」の兆しとして忌まれているのだということだった。

記事はこれだけである。

多くの生きものには、まれに白い毛や肌をしたものが現われる。白いカラスもそれだろう。彦馬は、カラスは見たことはないが、白へビは二度、見たことがある。床下にいたりすると、縁起のいいものとしてむしろ大切にされる。

「まあ、赤枯らすでは、お城の赤松が枯れるくらいで、たいしたことはないわな」

「はあ」

静山の冗談らしい。

剣の腕も筆も立つが、冗談だけはあまりうまくない気がする。

「ほんとに羽の色が赤いのですか?」

と、彦馬は訊《き》いた。艶《つや》のある黒は、光の加減で赤っぽく見えたりする。あるいは、夕陽の赤を反映させたのかもしれない。

また、カラスは口の中が不気味なくらい赤かったりもする。

「そうらしいな。千右衛門も自分の目で見たそうだ」

千右衛門は嘘はつかないが、怪異な現象はそっくり信じ込んでしまいがちである。自分の目でたしかめることは必要な気がする。

「天然の色でしょうか?」

「見てみないとなんとも言えぬが、千右衛門が見た色艶からしても、おそらく色を塗ったのだろうな」

「色を塗った……」

だとすれば、なんらかの事情がありそうである。

「単なる悪戯《いたずら》でしょうか」

「大方はな。だが、なにか意味があるのかもしれない」

と、静山は言った。

彦馬はうなずいた。たぶんそうである。当人は他愛ない悪戯のつもりでも、そこにはまた別の意味もあったりする。心の奥に秘めた不安や世の中への不平が表われたりする。人の心や、人の世というのは、そういうものなのだ。

ふと、バサバサと羽の音がした。

静山もカラスかと思ったのか、本堂の屋根のあたりを見上げた。

すぐあとからもう一羽来た。白い羽で、くちばしと脚が赤く、飛ぶ姿はカラスよりも優雅である。

ユリカモメだった。

このあたりはふだんユリカモメはあまりいないような気がする。ユリカモメは神田《かんだ》川のほとりや不忍池《しのばずのいけ》あたりにはよく来ている。ユリカモメは見た目こそ白い羽でやさしげだが、カラスよりも凶暴な気がする。カラスがユリカモメに苛《いじ》められているところも、彦馬は何度か目撃した。

だが、羽の色だけで人の印象はずいぶんちがってしまう。

そういえば、彦馬が十歳前後のころ、藩校維新館に来ていた一つ年上の少年が、やたらとしつこく彦馬のことを苛めてくるのに閉口したことがあった。この少年は、見た目は色が白くてやさしげで、逆に色が黒く、手足が太かった彦馬などはいっしょにいると、この少年のことを苛めているのではないかと思われるくらいだった。

だから、見た目というのは当てにならない。

思いが別のところにいきそうになったが、

「赤いカラスのこと、調べてみましょうか？」

と、彦馬は訊いた。

「うむ、やってくれるか」

静山もそれを期待していたらしかった。

織江は下屋敷の下働きの者たちが住む長屋の一角を離れ、庭の北側に来ていた。

何かを探ろうというのではない。

飯炊き仕事の合間の、ちょっと一休みといったところである。

ここらは土をならし、馬場に仕立ててある。事実、ときおり馬を駆けさせていた。

織江の目から見てもいい馬がそろっており、しかもよく鍛えられている。松浦一族はもともと海の民だとはいえ、陸地の乗り物を軽視しているわけではないのだ。

そのわきをぐるりとめぐると、小さな池が三つほど並んだあたりに出る。これらの池はかつて大川が氾濫《はんらん》した名残りでもあるのだろう。水の中をのぞきこむと、小さな魚影は見える。フナくらいは育っているらしい。

町人地であれば、子どもの何人かは必ず釣りをしていそうな池である。

織江はこの池のほとりに腰を下ろした。

たもとから飴玉《あめだま》を一つ取り出し、ゆっくり舐《な》め始めた。

この四、五日、こんな調子でのんびりした日々を送っていた。

入ってから思ったのだが、静山のような男は、内部に潜入するよりはむしろ、外の動きを見張ったほうが、収穫は大きいのではないか。自ら外に出ていき、人とどんどん会って、自分でことを決するのである。

もちろん、かなりの用心はしているだろうが、それでも機会はあるはずである。屋敷内の静山は、むしろ随筆の執筆やお楽しみごとに没頭している。

ただ、ふつうは屋敷に潜入するのが、密偵の基本である。静山のような男はやはり特別なのだ。桜田《さくらだ》屋敷の上層部の連中は、川村真一郎《かわむらしんいちろう》もふくめて、あくまで常套《じようとう》手段を順守しがちだった。

だが、内部に入ったおかげで、辰吉のことをのぞけば、こうしてのんびりした時間を持つことができている。

まったく外に出られないわけではないが、桜田屋敷に近づいたり、彦馬の長屋を見に行ったりするのは難しくなった。

そのかわり、嬉《うれ》しいことに彦馬はときおり、この下屋敷にやって来る。とくに星のきれいな夜。静山と彦馬は並んで天体を観測している。楽しんでいるのが、ときおり聞こえる笑い声からもわかる。星を見ながら嬉しそうに笑うのは彦馬くらいかと思ったが、静山も同じ性癖の持ち主らしい。

静山には、ずいぶん気に入られているらしい。

彦馬のような男に目をかける静山という人物は、やはり懐が深いと思う。これまで五つほどの藩と関わりを持ったが、彦馬みたいな男をかわいがるような藩主や重臣はいなかった。たいがい、いろんなことをそつなくこなし、うまく枠に収まる男がかわいがられた。彦馬は正反対の男だった。

彦馬の姿を遠くから見るだけでも嬉しい。切なくて胸が詰まる思いにもなるが、それでも嬉しい。

いまも向こうに静山の離れが見える。だが、今日は来ていないらしい。

ぼんやり眺めていると、下働きの者の長屋の近くに辰吉の姿が見えた。織江は首を引っ込めた。

あれ以来、辰吉のことは警戒している。けっしてこそこそしているわけではないのだが、やはりあの男は怪しい。

わたしに手を出そうなどという気は失《う》せたらしい。

ただ、矛先は十四の娘のほうに移った。

ときおり人目も気にせず口説いたりしている。

娘も危なっかしいところがあって、辰吉の物真似を喜んで見ていたりする。

そのうちひどい目に遭うよと、忠告してあげたい。だが、あの手の娘は、忠告なんぞに耳を傾けることはない。予想通りにひどい目に遭う。ただ、それほどの衝撃もなく、かんたんに立ち直ったりもする。

そういうことを考えると、うんざりするような気持ちになった。

「あら、マツ……」

反対側から赤犬のマツがやって来た。

ときどき猫と遊びたくなるが、この屋敷は犬が二匹、庭内を駆け回っているせいか、猫は見かけない。隠れるところや、雨露をしのげるところも多そうではないので、野良猫も入りこみたくないかもしれない。

だが、犬もけっして嫌いではない。

いったん立ち止まってこっちを見ているマツに、

「おいで」

声をかけると、尻尾《しっぽ》を振ってやって来る。

「この前はありがとうね。ほんとに助かったよ」

マツを撫《な》でていると、すぐにもう一匹のタケもやって来た。

こんなふうに二匹が揃うのはめずらしい。この犬たちは、静山が離れにいるときは揃うが、あとは別々に回っている。仲が悪いわけではない。そうやって別々に広い庭の中を警戒して歩くのを仕事と心得ているようなところもある。

以前、たぬき囃子《ばやし》と人魂《ひとだま》をこの庭に出現させたが、そのときはこの赤犬たちは離れに閉じ込められていた。もし、出てきたときは眠り薬を使うつもりだったが、この愛らしい生きものたちにそんなことをせずに済んでよかった。

タケは織江に近づいてくると、しきりに織江の身体の匂いを嗅《か》いだ。そういえば、前にマッと最初に触れ合ったときも、こんなふうに長いこと匂いを嗅がれたものだった。

尻《しり》のあたりを嗅ぎ、足のあいだにもぐりこもうとする。

「やあね」

織江はくすぐったそうに苦笑した。

それから首をかしげ、

――わたしの身体、犬が好きないい匂いでもするのかしら。

と、思った。

二

静山は赤いカラスの話を終えると、先に帰っていった。

彦馬は後片付けをして、法深寺を出たあと、佐久間《さくま》町の西海屋の前を通ってみた。千右衛門と立ち話でもできればと思ったのだが、たぶん難しいだろう。通りもいつになく混雑している。

年末は忙しいとは聞いていた。商売をする者はだいたいがそうなのだろうが、海産物問屋の西海屋では正月のお膳《ぜん》を彩るコンブやスルメ、干しアワビなどの取り引きが激増するらしい。

案の定、千右衛門は店先で、重いくらいの大きな帳簿を抱えるように持って立っていた。

しかも、帳簿を持ったうえで、小さなそろばんも持ち、ぱちぱちと人差し指ではじく。出た答えを、握るように持っていた筆を持ち替え、さらさらと書き込む。

そのあいだにも、荷物は次々に到着し、手代が千右衛門に量と産地らしき地名を告げる。それは千右衛門の隣りにいる番頭が、帳簿に書き込んでいた。

これがどういう意味を持つ仕事なのかは見当もつかない。だが、忙しいというのは一目見ただけでわかる。

見ながら通り過ぎようとしたら、目が合った。

「よう」

と、千右衛門はこっちに寄ってこようとする。

「いいよ、忙しいのだから」

彦馬はつい、遠慮をしてしまう。

「いや、いいんだ。一息入れたいところだったんだ」

それはあれだけ根を詰めて仕事をしていたら、一息も二息も入れたくなるだろう。

店の隅に腰をかけ、出してもらった茶をすする。いつの間に冷え切っていたのか、熱い茶が腹のあたりをじんわり温めていくのがわかった。

千右衛門が一息つくのを待って、

「御前のところで聞いた。赤いカラスのこと」

と、彦馬は言った。

「やっぱり聞いたか。御前も、すぐにもおぬしに話したそうだった」

「面白そうだな」

「調べるのか」

「ああ」

彦馬はうなずいた。それが静山の望みなのである。

『甲子夜話』に書かれた話も一つずつ調べられたのだろうか。聞いた話をどれでも入れているわけではなく、かなり取捨選択しているとは聞いた。とすれば、ある程度は調べたうえのことなのだろう。

ただ、赤いカラスの件をそのまま入れるのは、以前、白いカラスの記事があるので、嘘っぽくなることを怖れたのではないか。

「千右衛門。赤いカラスはどこらで見たんだ？」

「わたしはそっちの神田明神のところで見た。うちの小僧は、もっと向こう、馬場のあちら側で見たと言っていた」

カラスは寝るときは塒《ねぐら》に帰るが、昼間、餌をあさるときは、だいたい縄張りがあるような気がする。とすると、そのあたりをうろうろすると、見つかるのではないか。

「じゃあ、とりあえず姿を見ないことには」

と、彦馬はそっちのほうへと行ってみた。

まずは神田明神の境内に入った。

鳥居のわきに甘酒屋が出ていて、いい匂いをまき散らしている。一杯すすりたいが、懐中の銭は乏しい。

ゆるい坂を上がり、極彩色で塗られ、獅子頭《ししがしら》もいっぱい突き出した絢爛《けんらん》たる楼門を、見上げながらくぐる。

境内はすでに正月の準備に入っていて、縁起物を売る小屋などがつくられている。大工がつくるほどの小屋ではない。かんたんな掘っ立て小屋で、神職の見習いのような若い連中が、協力し合って建てていた。

この神田明神、前に同心の原田朔之助《さくのすけ》から聞いたが、江戸の守り神、総鎮守だそうだ。ずいぶん偉い神さまなのである。祀《まつ》られているのは、平将門《たいらのまさかど》。たしか、朝廷に反逆し、自ら天皇になろうとした人ではなかったか。

もともとは、将門塚になっている神田橋御門の内側にあった。それが江戸城拡張のためいったん駿河台《するがだい》に移され、さらにいまの地に移転した。

上野の寛永寺《かんえいじ》や浅草寺《せんそうじ》の境内あたりと比べたらずいぶん小さいが、それでも立派な境内である。桜や杉の木がいたるところに植えられ、くまなく掃除が行き届いていて清潔である。夏などは、ここに涼みに来たら気持ちがいいかもしれない。

彦馬は境内の隅に腰を下ろした。

四半刻《しはんとき》ほど待ったか――。

小屋を建てていた連中も、仕事半ばでどこかに行ってしまった。

うっすらと日も暮れかけてきた。

視界の端を赤い色がかすめたと思ったら、境内の杉の木にカラスがとまった。

――あれか……。

彦馬は立ち上がった。

真っ赤というほどではない。剝《は》げかけた朱色というくらい。それでも、目立つことは目立つ。

一羽だけでいるわけではない。五、六羽でいっしょに行動している中の一羽である。

カラスというのは、嘴《くちばし》がずんぐりむっくりした種類と、すっきり尖《とが》っている種類とをよく見かけるが、赤いカラスはすっきり尖ったほうである。

まだ若いのか、同じ種類の他のカラスと比べても、一回り小柄に見える。

そっとその木の下に行き、糞《ふん》をかけられるのに気をつけながら観察した。彦馬は昔から、道を歩いていても、よく鳥の糞をかけられた。

近くで見ても、たしかに赤い。

カラスは色がおかしいのが自分でもわかるのか、しきりに毛づくろいのようなしぐさをする。

変わったところがあると、仲間から苛《いじ》められたりするのは、人間にはよくあることである。だが、あのカラスの一群を見る限りはそうしたところはない。カラスのほうが人間より上等なのか。もしかすると、ここらのカラスはユリカモメに苛められるので、喧嘩《けんか》などしている場合ではないのかもしれない。

彦馬にじろじろ見られているのが嫌なのか、赤いカラスを先頭に一群は境内から楼門のほうに移った。

楼門から鳥居まではおよそ半町の距離がある。赤いカラスも入れて五、六羽のカラスたちは速さを競うようにいっきに飛んで、鳥居にとまった。鳥居も赤なのでここにとまると、赤いカラスのほうがむしろ目立たない。

道をはさんで向こう側は、湯島《ゆしま》の聖堂がある昌平坂《しょうへいざか》学問所になっている。ここの敷地は神田明神の三倍ほどもあろうか。学問所や聖堂のほかに、坂を登りきった西側には馬場もつくられている。今日も馬が駆けるひづめの音がしていた。

カラスたちは馬場のほうには行かず、通り沿いに本郷《ほんごう》のほうへ行く。

町名でいうと、ここらは湯島四丁目あたりか。店が並ぶあいだに立った火《ひ》の見櫓《みやぐら》の上に、赤いカラスがとまった。

西の空がかすかに赤みを増し、赤いカラスはそれを身体に浴びて、さっきよりも赤くなっていた。どこか神々しさも感じられる。

彦馬が見上げていると、

——ん？

いつの間に隣りに娘が立っていた。

「あれか、評判の赤いカラスって……」

と、娘はつぶやいた。

派手な振袖《ふりそで》を着た二十歳くらいの娘だった。香を焚《た》きしめているのか、それとも匂い袋をしこたま袂《たもと》に入れているのか、きついほどの花の香りがぷんぷんとあたりに漂った。

——ひとりごとだろう。

彦馬は返事もせず、目を逸《そ》らしたが、何か違和感を覚えて、もう一度、娘を見た。

——なんだよ……。

と、思った。娘ではなかった。中年の女だった。顔の皺《しわ》、肌艶《はだつや》、やはりどう見ても、四十はいってそうだった。

江戸ではときおりこうした女を見かける。年甲斐《としがい》もない若づくり。いや、女だけではない。男にもたくさんいる。

髪を黒く染め、若者のするような格好をする。「若く見える」などと言われると、人格や知恵をほめられるより、はるかに嬉《うれ》しそうに笑う。

平戸あたりでやれば、後ろ指をさされて笑われたりするだろうが、江戸の人間はそこまではしない。ほとんど無視。非難の気配もない。あれも趣味の一つくらいに思っているように見える。

たしかにそれで誰かが迷惑するわけでもないのだから、田舎の反応のほうが料簡《りようけん》が狭いのだろう。

「きれい。あの、カラス」

と、若づくりの女は唄《うた》うように言った。格好より、むしろ声は若い。目をつむって聞いたら、二十代くらいに思うだろう。

ただ、あのカラスがきれいという感想に賛成はできない。逆に、不気味な感じがする。

この女も、歳とかけ離れた感じの着物で、ちょっと異様である。巫女《みこ》や狐憑《きつねつ》きの女とも通じ合う迫力も感じられる。

赤いカラスが子どもから苛められたりしないのも、祟《たた》りでもありそうな、ちょっと不気味な感じがするからではないか。

――似た者同士の共感？

意地悪な感想も浮かんだ。

かあ。

と、赤いカラスが鳴いた。

それに答えるように、

「塒に帰るの？」

と、女は小さな声で言った。飼い猫にでも話しかけるときのような、ごく自然な口調だった。

まもなくカラスたちは大きく飛び立った。女が言ったように塒に帰っていくようだった。

西の空に向かうカラスには、どことなく哀愁の気配がある。生活の疲れもうかがえる。巣で待つ子ガラスたちに、みやげを持ち帰ることはできたのだろうか。

三

翌々日――。

明るくなるのを待って、彦馬は神田明神に向かった。

ふたたびカラスを探そうというのだ。

今日は、法深寺の都合で、手習いは半刻《はんとき》遅れで始めることになっている。そのあいだ、カラスを追いかけることにした。

ところが――。

境内にしばらくいたが、カラスはいっこうにやって来ない。釣りといっしょで粘りが大事と自分に言い聞かせるが、余裕は半刻だけである。

神田川のほうでカラスの鳴き声がしている。そちらに向かうことにした。

聖堂を囲むなまこ塀の横を抜けると、河岸の風景が広がった。荷船が岸につけられ、人足たちが重そうな荷を運んでいる。ここは佐久間河岸よりすこし上にある昌平河岸で、その前の、表通りに問屋が並ぶ一画は、湯島横町という町である。

——おや？

湯島横町で、またあの若づくりの女を見かけた。

手におにぎりを持っている。それをカラスに向けて振るようにしている。餌《え》づけでもしようというのか。

だが、カラスも石はしょっちゅう投げられてもほどこしなどには慣れていないのだろう、警戒してやって来ない。

「おかみさん」

と、女を呼んだ者がいた。後ろにある〈豊島屋《としまや》〉と看板を掲げる店の手代らしい。

「なあに」

女は返事をした。あんななりをしていても、あの店のおかみさんらしい。

女はいったん、店の中に入り、手代たちに二言三言何か声をかけると、また外に出てきた。

始めはおにぎりを振っているだけだったが、そのうち一塊ずつを、空中のカラスに向けて放り始めた。それをカラスがすうっと横切ってきて、空中で咥《くわ》えてしまう。

赤いカラスではない。変哲もない黒いカラスである。赤いのは川の向こう岸の土手のあたりでこっちを見ている。

「あんたじゃないの。赤いのを呼んできて」

と、女は言った。まるで手代に命じているような、有無を言わさぬ調子である。

しかし、カラスはあいにく、女の言いなりにはならない。

「弱ったわね。あんたじゃないのに」

どうしたらいいか迷っているようすである。カラス相手に本気になっているところは、なかなか面白いおなごではないか。

じっと見ていると、ふいに後ろから声をかけられた。

「どうなさいました？」

振り向くと、六十半ばほどの白髪の男がいた。仕立てのよさそうな着物を着ている。

「いや、面白いことをするものだと」

と、彦馬は女を指差した。

「ああ、はい、お多恵《たえ》さん」

「お多恵さんというんですか。あの人、あの店のあるじみたいですよ」

「そうです。ああ見えて、やり手です。自分の荷船も十艘《そう》ほど持ち、十人を超す手代と、五十人あまりの人足たちを使っています」

と、老人は言った。あの女のことも、ずいぶんよく知っているらしい。

「ほう」

十艘と聞いて、一瞬、西海屋より凄《すご》いではないかと彦馬は思った。西海屋はたしか七、八艘の船があると聞いたことがある。だが、西海屋の船は外海にもくり出せるくらいの大きな樽廻船《たるかいせん》などである。船の大きさがちがった。

こちらは江戸の運河を走る荷船だろう。それでもそんな荷船を十艘も持っているというのはたいしたものである。

「だが、心配もさせてくれます」

と、老人は悲しげな顔になった。

「え？」

「あの、格好です」

「ああ」

老人は話しながら、おしるこ屋の前に出ていた縁台に座った。

彦馬もつられて、隣りに座ってしまう。

「おかしいでしょ？」

「ちょっと歳のわりにはね」

「だが、言えないんです。店の者は誰も」

「怒るから？」

と、彦馬は訊《き》いた。店のあるじが怒りそうなら、それは手代たちは言いにくい。だが、いずれは店の存亡に関わることになっていくのではないか。知らんぷりというのはまずいだろう。

「怒るならいいです。傷つくのではないか、それが怖いのです。傷つき、心の平安を失ってしまうことが」

そう言って、大きくため息をついた。冷たい空気に白く濁った息は、火つきの悪い焚《た》き火の煙りのようにも見えた。

この人は本気で心配している。ということは、親御さんなのか。

「あなたは？」

と、彦馬は訊いた。

「あの店の番頭です。角兵衛といいます。先代のあるじのときから働いてきました」

番頭とは手代の長である。言われてみれば、いかにも商人らしい物慣れた落ちつきを感じさせる。

「そうでしたか」

それはさぞかし複雑な思いがあることだろう。

「お多恵さまだって、あたしが育てたみたいなものなのです。十のときに先代の旦《だん》那《な》が亡くなりましてね。あたしはやはりあの店の番頭だったおやじから、お多恵さまの面倒を見るように言われました」

そのときはこの番頭もまだ若かったのだろう。若者が恥ずかしげに少女の手を引くようすが目に浮かんだ。

「わたしはのちに息子ができましたが、そのころは子どももなかったですから、なんだか本当の娘のような気になったりもしました。おとなしい子どもだったんですよ。それに手習いの師匠が驚くほど聡明《そうめい》でもありました。とても、あんな娘のような派手ななりで町を歩くような女になるなんて、夢にも思わなかったです」

「でも、あれで誰かが迷惑をうけているわけでもないでしょう」

つい、なぐさめてしまう。

「そう見てくれる人だけならいいんですが。商売のことまで後ろ指をさしたりするのもでてきますから」

「商売のこと？」

「お多恵さんは頭がおかしくなった。もう豊島屋は終わりだ、だとかね。同業の会合などではだいぶ囁《ささや》かれています」

「なるほど」

商売敵というのが、いろんな陰口を叩《たた》くのは、平戸も江戸も同じなのだろう。

「ただ、赤いカラスというのは神の使いなんですよ」と、番頭は彦馬を見て、真顔でそう言った。「……だから、神の使いが現われたということは、きっと何かが変わってくれるのだと思います」

「神の使いですか……」

そんなことは知らない。

八咫烏《やたがらす》なら知っている。三つの足を持つカラスで、神武《じんむ》東征のとき、熊野《くまの》で道に迷った神武天皇の道案内をしたと伝えられる。

だが、赤いカラスが神の使いというのは初めて聞いた。言われてみると、いかにもそれらしい姿かたちだったような気はする。

彦馬は、このときはそれほどくわしく突っ込んで訊くことはしなかった。

じつは——。

それが赤いカラスの謎を解く、重大な鍵《かぎ》になっていたことは、もうすこしあとになって気づいたのだった。

下男の辰吉はほうきを手に、裏門から外に出た。毎日、夕方になると、外を掃いている。

平戸藩の下屋敷では、通りに辻番《つじばん》も出している。そこに詰める者も通りの掃除をしていたが、辰吉は「裏門は大事なのだ」と、人柄に似つかわしくない妙に説教臭いことを言って、やめようとしなかった。

そのわけはすぐにわかった。辰吉は毎日、前を通る豆腐屋となにか連絡を取り合っていたのだ。

――あいつが辰吉とのあいだをつないでいる。

織江はあまり豆腐は買わない。おかずをつくる爺《じい》さんもあの豆腐屋からは買わない。

だが、売り声に注意し、あとをつける機会をうかがった。

今日はいつもより早い時刻に豆腐屋が来た。まだこの時刻なら、追跡しても飯のしたくの前まではもどって来られるだろう。

織江はあとをつけることにした。

豆腐屋はまだ若い。二十歳になったかならないかというくらいだろう。すばやい足取りで、屋敷から遠ざかる。

後ろなどはまったく気にしていない。枯れ葉さえなくなった荒涼とした道を、肩をすぼめるでもなく歩いていく。

担いでいる豆腐を入れた箱がひどく揺れる。あれでは豆腐の角もつぶれてしまう。すなわち、あんな豆腐屋はいない。もっとも、商売っ気のない馬鹿息子かもしれない。

御廏《おんまや》河岸の渡しで、大川を越えた。わざわざ川を越えてまで売りに来る豆腐屋もいない。本所にだって豆腐屋はいっぱいあるのだ。

もう絶対に贋者《にせもの》だと確信した。

大川を渡ると、前の大きな蔵前《くらまえ》通りを、右手のほうに足を運ぶ。左手には幕府の御米蔵の堂々たる蔵が立ち並んでいる。

浅草黒船町のあたりである。その若い男は途中にあった豆腐屋に入り、抱えていた豆腐の桶《おけ》などをすべてそこに置いた。

それから、そのすぐわきの路地を入った。

織江もこの長屋の女房のような顔で、すぐあとをついていく。

中はこぎれいな長屋になっている。

「親分」

と、豆腐屋の若者が言った。もう豆腐屋でないことは明らかだが。

呼ばれた男が振り向いた。いかにも柄の悪い、陰険そうな顔をしている。帯に十手を差していた。

岡っ引きだった。町奉行所の同心の手下として働き、町人からは親分と呼ばれる。けっして慕われる存在ではない。そして、若い豆腐屋は岡っ引きの子分だった。

織江は路地から引き返して、豆腐屋の斜め前にある煮売り屋の婆《ばあ》さんに訊いた。

「そこを入ったところに、岡っ引きの親分がいるね？」

「ああ、雲助親分だろ」

婆さんはつまらなそうに答えた。

「雲助？」

「ほんとは久米助《くめすけ》っていうんだけどさ、陰じゃみんな、雲助って呼んでる。街道の雲助みたいな人だからさ」

親分の嫌われようが充分にうかがえた。

――どういうことだろう。

織江は首をかしげた。

辰吉は、忍びの訓練はしていない。犬に襲われたときの動きを見ても、それは明らかだった。だが、見張ったりすることは素人ではない。雲助親分の下っ引きと考えるのがいいのかもしれない。

あの連中は、金で何でもする。だが、いくら金で動かされているといって、町方の下っ引きが大名の下屋敷に入り込んで、いったい何をしようというのだろう。さっぱりわからない話だった。

四

「赤いカラスは神のお告げ？　それは知らぬな。八咫烏のことではないのか？」

静山も同じ感想を持ったらしい。

本所中之郷の下屋敷である。

朝からひどく冷えて、夜には雪になりそうだったが、彦馬は手習いを終えると唐傘を持ち、静山のもとを訪ねていた。

「御前もそう思われたでしょう」

と、彦馬は言った。

「違うのか」

「違います」

いくらか勿体《もったい》ぶった調子がある。静山はそれをすばやく感じ取ったか、

「ふうむ。それで雙星、すべてわかったのだな」

「はい」

「早く話せ」

と、うながした。

じつは思ったよりもとんとんと解決を見た。だからといって、すぐに話してしまうのは勿体ない気がする。思いがけない事実が隠れていたからである。

「その番頭の角兵衛さんと会った三日後でした。また、路上で豊島屋の女主人のお多恵さんとすれ違いました。ところが、すぐには気がつきませんでした」

彦馬はいったん引き返し、もう一度、すれ違って顔をたしかめた。やはり、豊島屋のお多恵だった。

お多恵は、いわゆる歳相応の格好をしていたのである。決して地味なのではない。洒落《しゃれ》た小紋の着物をうまく着こなしていた。

派手な振袖《ふりそで》を着ていたときより数段女っぷりが上がっていた。

「どうしたのだろうと思いました」

「うむ」

「何かあったのだろうと」

彦馬は考えた。頭の中に家一軒を建てるくらい、さんざん考えた。

赤いカラスがお多恵の派手な着物をやめさせたのにちがいない。だが、いったいカラスはどうしたらそんなことがやれるのか？

ふと、カラスという鳥には、意外な特技があったのを思い出した。

――まさか。

それから、赤いカラスを餌で釣ってみることにした。昌平坂の人けの少ないところに行き、おにぎりよりもこっちがいいだろうと、干したイカを準備し、これを糸につけて空中で回した。

黒いカラスが近づいてきたら、すばやく餌を隠し、手を叩《たた》いて追い払った。何度か繰り返すうち、ついに赤いカラスが舞い降りてきた。

ただ、だいぶ赤い色が剝《は》げてきている。やはり、色を塗られていたのだ。そして、塗った人の見当もついている。

赤いカラスは、彦馬の足元にきた。細く千切ったイカをつつく。すぐそばにきたとき、餌をあげるのをやめ、焦《じ》らすようにした。

「カラスというのは、やはり頭のいい生きものですね」

彦馬がそう言うと、

「カラスがか」

静山は意外な顔をした。

「御前はそう思われていないようですが」

「キツネよりは悪かろう」

「キツネよりも上かと」

と、彦馬は反論した。これには自信がある。

「そうなのか」

静山はあくまでそうは思いたくないらしい。キツネよりもカラスが賢いなどと。もしかしたらキツネには親近感を感じているのかもしれない。

そういえば『甲子夜話』に、キツネとカラスの話があった。

短く単純な話である。

キツネが木にとまったカラスを化かすのだ。キツネは木の周りをぐるっとまわる。すると、カラスは不思議な術でもかけられたように、動けなくなってしまったというのである。すなわち化かしたのであると——。

彦馬はあれを読んだとき、伊曾保《いそほ》物語を思い出した。伊曾保物語というのは、宣教師が伝えたもので、平戸あたりの子どもにはおなじみの物語である。彦馬も子どものときからしばしば読んだり聞いたりした。てっきりわが国のおとぎ話と思っていたが、南蛮から伝わったものだと知ったのは、ずいぶんあとになってからである。

その伊曾保物語にも、キツネとカラスがあった。肉を咥《くわ》えたカラスにお世辞をいって歌をうたわせる。すると、咥えていた肉が下に落ち、キツネのものとなる。キツネは賢く、カラスは愚かというわけである。

この二つの話がよく似ていると思ったのだった。

だが、本当にカラスというのはかなり頭のいい生きものである。

人の顔を覚えていたりもする。カラスの巣を払った者が顔を覚えられ、道を歩くたびに攻撃されたという話も聞いた。

「頭がいいだけではありません。カラスはしゃべります」

彦馬が言うと、

「あっ。そうだな。カラスはしゃべるのだったな」

静山は思い出したらしい。

しゃべると言っても、会話ができるわけではない。オウムやインコと同じく、教え込むと人間の言葉のいくつかをしゃべるようになる。

そして、彦馬は餌で釣った赤いカラスが、すぐ足元で話すのを聞いたのである。

「思ったとおりのことを言いました」

「なんと言った？」

彦馬は、あの女主人が言われたときの驚いた顔を想像できた。

「似合わない」

と、カラスは言ったのだ。

「え？」

彦馬は目を丸くして、カラスを見た。くちばしを開き、喉《のど》を震わせるようにして言った。そっぽを向いたままなので、はじめはどこかに誰かが隠れていて、小声でしゃべったのかと、思わずあたりを見回したほどだった。

だが、間違いなくカラスがしゃべっていた。聞いたことがあるような、皺枯《しわが》れてはいるが、やさしげな声だった。それはおそらく、こいつにこの言葉を教えた人の声音であるはずだった。

彦馬も驚いたが、女主人はさぞかし唖然《あぜん》としただろう。

「似合わない」

カラスは何度でも同じことを言う。

表情がないので、繰り返されると、愚弄《ぐろう》されているような気になる。

「似合わない、似合わない、似合わない……」

「まあ」

女主人のお多恵は豊島屋の裏庭で、カラスの言葉を聞いたのだった。その言葉に思わず袖を広げ、自分の着物を見た。金糸銀糸をたっぷり使った隅田《すみだ》川の花見の風景。といって、風景をそのまま描いたわけではない。桜が着物の袖と裾《すそ》に咲き誇っている。

いまは冬で、派手な格好はもちろん、こんな図柄は異様である。

「似合わない……派手だものね。そうよね、これって派手よね」

お多恵はそうひとりごちた。

それから庭に面した縁側に座り込み、ぼんやり考えこんだ。中庭には小石が敷き詰められ、枯山水を模してある。樹木は常緑樹で、夏も冬も区別のない景色であるはずだが、それでもどこか寒々として、冬の匂いがしていた。

自分の格好が最初におかしくなったのは、昨年の春のことではなかったか——と、お多恵は思い出した。

しばらくモヤモヤした気分がつづいた。男女の仲になっていた能楽師の森本金太夫が、能登《のと》に行ってしまったのが大きな理由だった。十年付き合った男だった。結ばれないのはわかっていたが、別れる日は予想していなかった。

だが、いざ別れを告げられると、いつか来る日だったことは理解した。

しばらく沈んだ気持ちでいたとき、娘のときにつくった着物が出てきた。派手すぎて、そのときは着たくなかったものだった。

ところが、これを当てて鏡を見ると、胸のうちで鐘が鳴るような音がした。

——似合うわ。

と、思った。いや、そう思いたかったのかもしれない。

それからは派手な若づくりで町を歩いた。着物もどんどん新調し、若い娘に人気の店があると聞けば、さっそく駆けつけ、流行《はや》りの柄を着物に仕立てた。

店の者が不満げなのは薄々わかってはいたが、それは言って欲しくなかった。その気持ちが伝わったのか、店の者も誰一人、お多恵の格好を咎《とが》めはしなかった。ただ、そっと目を逸らすだけだった。

だが、この赤いカラスは、

「似合わない」

と、教えてくれていた。番頭の角兵衛から聞いたが、赤いカラスは神の使いだという。ならば、間違ったことは言わないだろうと思った。

さらに、ここからは番頭の角兵衛に聞いた話である。

お多恵は目が覚めたように、自分の格好がおかしなものだと思った。それには強い嫌悪もともなっていた。

「あたし、頭がどうかしてたのね」

「それほどのことではありませんよ」

「いいえ。みっともないったら、ありゃしない。死んだおとっつぁんやおっかさんも、草葉の陰でどんなに嘆いていたでしょう」

「別に悪いことをしたわけではないのですから」

と、番頭が一生懸命なぐさめたほど、お多恵は落胆してしまった。

「もう若くないのに。あんな格好で町を歩いて……」

お多恵はそう言って、二刻ほども番頭の横で泣きつづけた。そのようすは、子どものようでもあり、あるいは老いた親を見送った娘のようでもあったという。

「なるほど、すべて番頭が書いた筋書きだったというわけか」

と、静山はうなずいた。

「わたしの推測を話すと、角兵衛さんは微妙なところを訂正し、すっかり話してくれました」

「では、間違いないな」

「派手な色に心を魅《ひ》かれるようになっているお多恵さんですから、あらかじめ角兵衛さんが言葉を仕込み、赤く色を塗っておいたカラスにもきっと餌をあげようとするだろうと予想したのです。その前に、赤いカラスというのは神のお告げですとも吹き込んでおいたのです。そして、まさに角兵衛さんが期待したとおりになりました」

「言いにくいことをカラスが言ってくれたわけだ」

「でも、見事に成功しました」

彦馬はお多恵の上品な着物姿を思い出した。能登に行ってしまった能楽師も、もとはそんなお多恵に惚《ほ》れていたのではないか。

だが、着物姿は上品なものにもどったが、お多恵の心は完全に癒《い》えたのだろうか。

それを考えると、何か哀しい気持ちもわいてくる。

二人の言葉が途切れると、離れの周囲がやたらと静かになっているのに気づいた。

風の音もなくなっている。

静山は障子を開けた。

強い寒気が飛び込んできた。頬がぴりぴりと痛み、息が白くなった。

行灯《あんどん》の火を外に向けると、大粒の雪が降っているのが見えた。平戸ではほとんど見たことがない雪景色。壱岐《いき》の山の上に登ったときと、秘密裡《り》に外海に出たときだけ、雪を体験していた。

だが、こんなふうに家の中から雪が降るのを見るのは初めてである。

「つもりますか?」

彦馬は期待しながら訊いた。江戸中が雪に埋まる光景を見てみたい。

「いや、すぐ熄《や》むな」

と、静山は空を見上げて言った。「月明かりがうっすら見えるし、西の空には星も出ている」

なるほど、まもなく晴れてくるだろう。

それでも庭の池の周囲に雪が降りつのる景色は、なんとも美しかった。江戸の風流人たちには雪見酒という楽しみがあると聞いたが、それもわかる気がした。

軒下につもり始めた雪は、さっそく溶け出したのか、ぴたぴたとしずくが垂れる音もし始めた。

「赤いカラスの話、面白いな」

と、静山は言った。

「はい。面白いと思います。すこし切ないところもありますが」

「だが、謎は何もなくなっている」

静山は不満げな顔をした。

「ええ」

「すべて合点がいく。雙星。それはいかん。面白い話だが、すべてわかるのはいかん」

「そうですか」

「そなたが書け」

「わたしが」

「うむ。そういう話はそなたのほうで書けばよい。甲子夜話からこぼれ出た話だから、そうだな……」

と、静山は軒先に目をやり、

「『夜話のしずく』とでも名づけてはどうか」

題名までつけられてしまった。

以後、雙星彦馬はこの『夜話のしずく』を書きつづけることになる。

第二話　はまぐり湯

一

から傘の　骨はばらばら　紙ゃ破れても
離れ　離れまいぞえ　千鳥がけ
から傘の　傘のしずくで地がほれるまで
好きな　好きなお方と立ち話
雪を　雪をかぶって寝ている笹を
憎や　憎や雀が来て起こす

お蝶《ちょう》、いや蝶丸姐《ねえ》さんの、ひばりが春のやわらかい青空で鳴くようないい喉《のど》に、奥女中たちはつい聞き惚れてしまう。

「いいわねえ」

「ほんと。こっちまで恋してる気分になってしまう」

ここは築地《つきじ》にある中津《なかつ》藩邸の中屋敷である。

この半年ほど、くノ一のお蝶は芸者の蝶丸姐さんになって、奥女中たちに芸事を教授している。月のうち、三と八のつく日が稽古《けいこ》日である。

芸者に扮《ふん》するのは、いちばん楽である。根が派手好きなのか、自然と気分もうきうきしてしまう。

お蝶の母が芸者だったし、自分も長唄《ながうた》や三味線の名取になっている。ただ長唄のような難しい芸を教えるわけではない。せいぜい端唄《はうた》や小唄といったところである。

「蝶丸さんは、お座敷でもこんなにいい喉を披露してるの?」

と、訊《き》いたのは、奥女中ではない。まだ、二十歳ほどの奥平公の愛妾《あいしょう》である。

「いいえ。いまはよほどのことがないと、お座敷はお断わりしてるんですよ」

「どうして?」

「酒ですよ。飲みすぎて、身体を壊しましてね。お座敷に出ると、どうしても無理やり飲ませる人がいるんです」

「そうなの」

この愛妾は、芸者の世界などにやたらと興味を持っているらしい。

「無理に飲まさないと気がすまないというような客が、一つのお座敷があると必ず三人はいますよ」

「へえ。芸者も大変ねえ。あたし、毎日、楽しく騒いでいいなってずっと憧《あこが》れていて。でも、うちのおとっつぁんがけっこうカタブツで、お前はそれよりお屋敷づとめがいいって無理やり奥女中にされたのですよ」

この愛妾は、中屋敷のつとめをするうち、藩主に目をかけられたのだった。根は善良そうで、女から見ても独特の愛嬌《あいきょう》があり、奥平公の趣味は悪くなさそうである。ただ、公の姫君には嫌われているらしい。

「そうですよ。端《はた》で見るより芸者は大変なんですよ」

と、蝶丸はうなずいた。

「でも、いいとこの若旦那《わかだんな》ばっかり三十人もいるお座敷になんか呼ばれると、芸者になってよかったとか思いますけどね」

「うわぁ、それって最高！」

「あたしも出たい！」

みな、本気でうらやましがっている。

奥女中たちは、退屈しているのだ。

なかなか外には出られない。千代田の大奥ほどではないが、行動はかなり制限される。これでも中津藩などはまるで厳しくないほうである。

「最近、巷《ちまた》じゃ何が流行《はや》ってるの？」

と、奥女中の一人が蝶丸に訊いた。

「なにかしらね。『道中膝栗毛《ひざくりげ》』は読みました？」

十返舎一九《じっぺんしゃいっく》の戯作《げさく》で、いま巷で大評判になっている。弥次《やじ》さん喜多《きた》さんという間抜けな男二人が、道中で失敗を繰り広げる。それが旅の案内にもなっていて、読者を旅心に誘う効能もあるらしい。

「読んだわよ。もう、大笑い」

一人がそう言うと、

「あたしも読んだ」

との声がつづいた。八人いるうちの五人が読んでいるのだからたいしたものである。

町のうわさだけではなく、お屋敷のうわさ話もたっぷりする。このあたりからも面白い話は入ってくる。狆《ちん》が身ごもった。相手は某藩の犬らしい。その某藩の犬は、北国の某藩からもらってきたらしいうんぬん。あるいは、この前の茶菓子はどこどこからのもらいもの等々。

「そういえば、さっき来ておられた湯川《ゆかわ》さま……」

と、お蝶はさりげなく話を振った。じつはいちばん探りを入れたい人物である。用人の湯川太郎兵衛《たろべえ》というご老人が、この座敷に顔を出し、奥女中たちに混じって端唄を一曲、稽古《けいこ》していった。

「お顔が長いでしょ」

と、奥女中の一人が言った。

「ほんとね」

「笑うと、顎《あご》が重みで外れるときがあるんですって」

「ぷっ、ほんとに？」

つい噴き出してしまう。だが、それもありうる気がする。

「でも、湯川さまは切れるのよ」

別の奥女中が言った。

「あれで？」

「あれはとぼけているだけだという声もあるの」

「へえ」

たしかに、用人の湯川太郎兵衛の動きが活発になっている。お蝶が探っているだけでも、それは明らかである。

深川《ふかがわ》にいくつか、よく出入りする料亭がある。そこはひどく近づきにくかったり、中津藩の忍びらしき者が見張っている気配があったりする。お蝶でも近づくのはなかなか難しい。むしろ、この屋敷内の密談のほうが探りやすいくらいである。用人たちは、他藩の用人ともしばしば会合を持ち、意外な人脈を築き上げていたりする。それは発句《ほっく》の会のようだったり、単なる飲み会のようだったりするが、何を話し合っているかはわかったものではない。

湯川はいったい、何を目当てに動いているのか。

桜田屋敷でも、中津藩は湯川が曲者《くせもの》だと言われてきた。そして、織江の母の雅江が、本気の恋に落ちた相手ではないかとも。

本来、密偵として潜入したお庭番やくノ一は、上司以外には誰にも、どこを探ったという話はしない。家族にもしない。

だから、雅江の話だって、本来は洩《も》れないはずなのだが、そうはいかない。人のやることである。

上司だって、酔っ払うこともあれば、寝物語もする。

織江とお蝶だって、二人だけのあいだでは、どこに潜入したという話を実名でする。

これがいつしか、どこかから洩れるのだろう。外の出合茶屋に入ったところを他藩の密偵に見られて、それが広まったという例も過去にはある。完全な秘密を保つのは、それくらい難しい。

「でも、湯川さまは、かわいげがあるわよね」

と、蝶丸は言った。かわいげのある大人の男はめずらしい。子どもっぽいというのとはまったくちがう。三味線を習う顔が真摯《しんし》である。上達の喜びがいかにも素直である。織江の母が惚れたというのが本当だとしたら、わかる気がする。

「そうかしら。ただのお爺《じい》ちゃんでしょ」

奥女中の一人が笑った。


雙星彦馬は、妻恋《つまごい》町の湯屋の二階で横になっている。座布団を二つに折り、それを枕にうとうとしている。浅い夢を何度も見る。荘子《そうじ》の胡蝶《こちょう》の夢の話は、こんなときに実感する。自分が蝶になった夢を見ているのか、蝶が自分になった夢を見ているのか……。

昼のいちばん空《す》いているときで客も少なく、ゆっくり身体を休ませることができる。江戸の湯屋はどこも、こんなふうに一休みできるようになっていて、平戸では見たことがない。そもそも湯屋自体が多くはなかった。

一刻だけ休んで、また動き出さなければならない。

この五日ほどはとにかく忙しかった。冬のさなかに汗をだらだらかきつづけていたくらい動き回っていた。

寺の大掃除を子どもたちといっしょに手伝った。昨日は餅《もち》つきもした。このところ舟を漕《こ》いだりしていないせいか、肩の筋肉がひどく凝った。もっとも子どもたちにいいところを見せようと、臼《うす》で五つ分ほどをほとんど一人でつくという馬鹿げたことをしたせいもある。

今日の昼までで、ようやく手習いは終わった。

あと三日で正月。初めての江戸の正月である。

なにも準備はしていない。

餅つきのあと、餅を一抱えももらった。三が日は飢えることがない。それだけでも安心感はある。

と、湯屋の下でなにやら騒ぎ声がしている。喧嘩《けんか》騒ぎではない。なにか不思議なことが起きたというような気配である。

「なんだ、なんだ？」

隣りで横になっていた六十近い白髪の男が、階段口から下をのぞいた。

「何かあったみたいだ」

と、言って、のそのそ下に降りていった。

彦馬もつい気になって、あとにつづいた。他にも何人かは下まで降りて来た。

「どうした？」

最初に二階から降りてきた白髪の客が声をかけると、

「湯船の中に貝がいっぱい入ってたんだよ」

と、下働きの爺さんがちょっともつれるような聞き取りにくい声で答えた。

「湯に貝？　そんなもの、さっきはなかったぜ」

二階から来た男がそう言った。

彦馬もうなずく。たしかにさっきは何も変わったことはなかった。熱めのいい湯で、思い切り手足を伸ばすこともできた。貝があれば、踏んだり触れたりしたはずである。下手に踏みつけて割れたりしたら、足に怪我もしかねない。

「ほら、これだもの」

と、湯屋のあるじがすくった貝を見せた。手桶《ておけ》にちょうど一杯分ほどある。どれもはまぐりの大きな貝殻だった。

「おめえんとこじゃ、柚子《ゆず》湯じゃなく、はまぐり湯か？」

「まったくだ。だが、はまぐりのいい匂いもしねえ」

と、下にいた客たちが言った。一人は笑いながらだが、もう一人は機嫌が悪い。

「くだらない悪戯だよ。まったく、もう」

湯屋のおやじがぶつくさ言った。

「おやじ、こんなおかしな湯に入れたんだ。せめて、いまいる客にはまぐり汁の一杯ずつも出せ」

なじみ客らしい男がそう言うと、

「そんな……」

湯屋のおやじの顔が歪《ゆが》んだ。冗談をまともに受け取ってしまう性格らしい。

彦馬は手桶の中の貝殻をつまんだ。新しい貝ではない。きれいに洗って、貝柱ものぞいてある。ちょっと磨きも入れたかもしれない。大きさもそろっていて、適当に拾い集めたものではないような気がする。

蝶番《ちょうつがい》のところはすでにはずれ、全部ばらばらである。

「はまと、ぐりが分かれてるぜ」

誰かがそう言うと、彦馬の後ろで、「ちぇっ」と、舌打ちした男がいた。

湯屋を出ると、盛り場に向かうことにした。

今日は気分を変えて、十軒店《じっけんだな》あたりを行ったり来たりしてみるつもりだった。十軒店というのは十軒だけ店があるという町ではない。十軒どころか、日本橋《にほんばし》から北へ向かった大通りの途中にある、江戸でも有数のにぎやかな通りである。とくに雛《ひな》祭りのころは、道のわきに人形を売る屋台が並んで混雑する。

いまは、歳末用品を売る出店も多いはずである。

ここを行ったり来たりして、年ごろの女の顔を盗み見することにした。

近ごろはこうして立ち止まらず、歩きながら織江を捜しつづけている。そのほうが、出会ったときに逃げられない気がする。立ち止まって捜していると、向こうが先に彦馬を見つけてしまいそうである。

一度、逃げられたら、彦馬が江戸に来ていることは知られてしまう。今度は織江も警戒する。もはや二度と会う機会はなくなるだろう。やはり、出会いがしらに捕まえるほうがいい。

それにしても、織江はどこにいるのか？

数日前、彦馬は静山にこんなことを訊いてみた。

「わたしの妻が、もしも本当に幕府の密偵だったとしたら、どこにいるのでしょう？　やはりお城の中にいるのでしょうか？」

「いや、城の中にはおるまい」

と、静山は首を横に振った。「連中のいるところは、だいたい見当がつく。その存在はいわば公然の秘密のようになっているのだ。だが、雙星、そこには近づかぬほうがよい。万が一、その近くで前の妻に会えたとする。幸運を喜ぶだろう。いっしょに平戸に帰ろうと頼めば、相手も情にほだされ、平戸行きを承知するかもしれない。この日は互いの家にもどり、失踪《しっそう》の準備をすることに――。だが、その翌日には、そなたは死因もわからぬまま、大川を土左衛門になって流れているのさ」

「なんと」

そんな自分の姿が、一瞬、目に浮かんだ。

「そこはそういうところなのだ。だから、わしもそこは教えぬし、そなたも知らないほうがよい」

なんとも怖ろしい話だった。

それにしても、御前の人間の大きさというのは、どれほどのものだろう。

もしも織江が密偵だったとすれば、それは御前はもちろん、藩にとっても災いをもたらす存在なのである。

それを彦馬は妻と見做《みな》して慕い、忘れられずに江戸まで捜しに来ている。もしも織江を見つけて、ふたたびいっしょに暮らそうということになったら、御前はどう思われるだろう。

織江は成敗、自分も藩を裏切った者として成敗。

これが当たり前の帰結というものではないか。

ところが、どうも御前のようすを見ていると、そうは考えていないようである。

むしろ、

「見つかればいいな」

くらいに思ってくれているのではないか。

あれが偽りの態度にはどうしても思えない。ということは、松浦静山という人間は、あらゆるものを呑《の》み込むことができる巨大な人間なのか。

——今度、御前のお気持ちを訊いてみよう。

もしも御前の不愉快を感じたら、今度こそ、自分ははっきり藩を離れ、浪人者になるしかないだろう。

彦馬の、なんとなく切ない気持ちとは裏腹に、十軒店は混雑していた。

正月に向けての買い物客でごった返している。世間の景気はそれほどよくないと聞いていたが、こんなようすを見る限りは、江戸の経済は順調に見える。

そこを、女の顔を見ながら何度も行ったり来たりする。

何度目かの往復だったか、混雑の中に、南町奉行所同心の原田朔之助とご新造の顔を見つけた。八百屋の前で籠《かご》に入ったみかんを買ったところだった。こっちには気づいていない。羽織こそ町方の同心おなじみの黒羽織ではなく、茶の私用の羽織だが、原田の顔を知っている者も少なくないだろう。現に物売りが「八丁堀《はっちょうぼり》の旦《だん》那《な》」と声をかけたりしていた。

二人はほかにも注連《しめ》飾りなどを買っていて、原田の手はほとんどふさがっている。

何かご新造が原田に声をかけると、原田がうなずきながら笑った。だらしないくらいの無警戒な笑いである。

それから、こっちには来ないで、八丁堀のほうへもどっていくようすである。荷物をいっぱい抱えて歩く原田。そのあとを二、三歩遅れて、ご新造があとをついていく。どちらが家での実権を握ったかもうかがえる。歳末の警戒で忙しいなどと言っていたわりには、ずいぶん暢気《のんき》そうである。

――いい光景だな。

と、彦馬は二人の後ろ姿を見つめつづけた。

二

翌日は師走《しわす》の二十九日。明日は三十日で、いよいよ大晦日《おおみそか》である(旧暦なので三十一日はない)。

この日は昼前に一度、法深寺に行き、正月二日の書初めの準備をした。書初めの日には、生徒たちに新しい筆や紙を贈るのが習いである。それにみかん一個をつけたりもする。どこの手習いでもそうするのかは知らないが、法深寺ではそうしてきたという。

一通り、人数分を確認し、和尚《おしよう》に挨拶《あいさつ》して長屋にもどった。

簡単な飯をすませたら、午後にはまた盛り場に出るつもりである。

だが、その前に昨日と同様、湯屋に行き、半刻ほど身体を休めようと思った。結局、昨日は十軒店を二十回ほど、日暮れまで往復しつづけた。さすがに身体のほうが凝っていた。

湯屋の前に行くと人だかりができていた。同心の原田もいる。昨日の、のんびりした顔とはうって変わって、深刻な表情である。女が一人、吐き気をこらえるような顔でこっちに逃げてきた。どうやら気持ちのいい見物は期待できない。

「どうした？」

と、彦馬が人のあいだから訊いた。

原田は手招きし、彦馬がそばに寄ると、

「殺しだよ」

ひどい巻き舌で言った。

「殺し……」

昨日ははまぐりの騒ぎ。今日は殺し。この湯屋は年末は慌ただしいどころの騒ぎではない。

おやじも入り口のところで、すっかりうんざりしたようすで俯《うつむ》いていた。

昨日、あのあと、はまぐりが入っていたと騒がせないためにも、ずいぶん湯を入れ替えたようだった。今日は湯の入れ替えではすまない。もう、客は入れられないだろうし、きれいに洗いあげなければならないだろう。

それでも何日かはうわさも出回って、客の入りは悪くなる。彦馬も湯屋のおやじには悪いが、今日明日は下の湯屋に行くかもしれない。正月を迎えようという身体を、人殺しがあった湯船に沈めたいと思うやつはいない。

「まったく、そろそろのんびりしようと思っていたのによ」

頭に手ぬぐいを載せて、しらばくれて入ろうとする野次馬を追い払いながら、原田がむすっとした顔で言った。

年末だというのに殺しなんて面倒な事件が起きたものだから機嫌が悪い。

「こういうときはな、おいらは無理にでもいいことを考えるようにしている」

と、原田は腕組みして言った。

「いいこと?」

「ああ。女房とか、女房がつくる正月のごちそうとか、女房とあたるこたつとか」

「全部、ご新造のことじゃないか」

今度はこんなときだというのにのろけが始まった。

「雙星、女がいる年末ってえのはいいもんだな」

「そうだろうな」

原田に悪気はないのはわかっているが、正直、悔しい。聞きたくない。

だが、原田は彦馬の気持ちなどまるで意に介せず、

「おぬしも早くご新造を見つけないとな」

「ああ」

「捜すのを手伝ってやるから、くわしく人相を教えろよ」

「それはいいよ」

くノ一かもしれないのだ。やたらと人相が知れ渡り、町方などから捜された日には、織江の立場だってまずいものになる。

そこへ、奉行所の小者がやって来て、

「原田さま。ホトケを湯船から出すそうです。おやじが臭いがこもっちまうって泣いてるので」

と、告げた。

「しょうがねえだろうな」

中には検死をおこなっている同心の姿が見える。そのかたわらに、肥《ふと》った身体つきの同心がもう一人。どうやら、その同心が現場の指揮を執っているらしい。

手前の着替えの板の間まで遺体を出してきた。背中に小さな傷あとが見える。血

はそれほど流れていない。湯船でほとんど出てしまったのだろう。

「湯船の中で後ろから一突きだってよ。声を上げる暇もなかったらしい」

と、原田は殺されたときのことを説明した。

こちらからも遺体の顔が見えた。

「ん？」

彦馬は目を見開いた。

「どうした？」

見ると、昨日、湯屋の二階にいた男である。口を利いたわけではない。湯屋の二階でくつろいでいるわりには、貧乏ゆすりをしたり、ときおり舌打ちをしたり、苛《いら》立《だ》っているように見えた。それが変な感じで覚えていたのである。

そのことを原田に告げると、

「ああ、湯屋のあるじもそう言っていた。昨日も来てたって。だが、ここらの男じゃないらしいぜ」

「昨日、ここで変なことがあったんだ」

と、彦馬は言った。やはり原田には告げておいたほうがいい。

「なんだ、変なことって？」

「湯船にはまぐりの貝殻がいっぱい沈められていた。中身はないぞ。貝殻だけだ。

それでもはまぐり湯さ」

「はまぐり湯かよ」

「もしかしたら、昨日のはまぐり湯と、今日の殺しは関係あるのではないかな？」

と、彦馬は言った。

「はまぐりと殺し？　あるか、そんなもの」

と、原田は笑った。


すぐに盛り場には向かわず、佐久間河岸の西海屋に行った。この話を千右衛門にも教えてあげようと思ったのだ。千右衛門も静山の『甲子夜話』を読むようになって、怪異譚《たん》にも多大の興味を示すようになってきている。

するとと、ちょうど松浦静山が西海屋に顔を出したところだった。それで、静山に訊《き》いてみることにした。

「御前。はまぐり湯なんていうのがあるのでしょうか？」

「はまぐり湯？　ううむ。聞いたことがないな」

物知りの静山でも知らない。

だいたい、しょうぶ湯や柚子《ゆず》湯などとちがって、入る気も起きないだろう。ああした薬湯はみな、匂いが爽《さわ》やかなものを選んでいる。はまぐりの匂いは胃に入れるにはいいが、肌にまとわりつかれたら嫌になる。

あるいは、人のしわざではなく、妖《あや》かしのしわざでもあったのか。

「はまぐりにまつわる怪もご存じありませんか？」

「うむ……アワビなら知ってるがな。安房《あわ》の海が一時期、夜になると光ると騒いだことがあったらしい。それで海女たちが四、五人でもぐって確かめた。すると、七、八十丁もある大アワビが光っていたのだそうだ」

「それは……」

ちょっと考えられない。

アワビというよりクジラである。

「海女たちは驚き、浜にもどって仲間たちに言ってまわった。だから、あのあたりの海女はみな、それを見たのだそうじゃ」

「ずいぶん真実味がありますね」

「うむ。もともと、アワビは群れると光るともいわれておるしな」

「外側がですか」

アワビはきれいな貝である。虹色《にじ》に光る。ただし、それは内側である。外見はむしろ、あまりよろしくない。

「あの貝を砕いたものを唐人たちは、遠くが見えるようになる薬だと言って飲む。

千里光とか呼んでおったのもいたな」

「そうでしたか」

その千里光という名が働いたところもありそうである。

あるいは、大きなアワビの内側が月光を浴びて光ったりしたこともあるかもしれない。不思議な話は伝えられるたびに大きくなったりする。

だが、はまぐり湯の話はまだ大きくなっていない。生まれたての奇譚で、彦馬はこの目で目撃している。

「雙星。はまぐり湯はともかく、正月の注連《しめ》飾りなどはまだ買っておらぬだろう」

「はい」

「これを持っていけ」

静山はわきに置いていた注連飾りを、大きな鯛でも釣り上げたときのような手つきで、彦馬に差し出した。あの離れにつけるつもりで購入したのだろう。立派なものである。飾りも七福神やらエビやらみかんやら盛り沢山だった。

「御前のところには」

「なあに、わしはまた、そこで買っていく」

「いや、わたしの長屋の玄関には立派すぎます」

「そなたには、願いごとがあるではないか。大きく願え。こそこそ願っていたら、かなうものもかなわぬぞ」

いかにも静山らしい言い方である。

それでつい、昨日、訊こうと思っていたことを訊いた。

「御前。わたしの妻は当藩を探りに来た密偵だったとしたら、当然、敵に当たります」

思わず背筋が伸びる。

「うむ」

それがどうしたという顔である。

「その敵をわたしは妻として慕い、捜しに江戸に来ました。これは藩士として、許されないことではないのでしょうか？」

いまさらこういうのも変だが、そのときはまさか元藩主の静山と、これほど深く関わるなどとは思ってもみなかったのである。もっと、誰にも関わりのないところで、ひっそりと妻を捜すつもりだった。

「雙星。気にするな」

と、静山は言った。

「気にするな……」

「敵は味方になり、味方は敵になる。そういうものだから、そう気にするな」

「………」

静山が遠くなる。

「わしも許されぬことを目論《もくろ》んでいるのはこの前、告げたな」

「はい」

なにせ国を開くという野心を秘めている。国といっても、この時代に通常示すところの藩の意味ではない。地球全体から見たところの国――すなわち日本である。それを海外に向けて開くというのが、この人の秘めたる願いなのだ。

「同じようなものであろう。人は許されることだけをして生きていくものではない。もしかしたら、人は皆、許されざる者なのかもしれぬ」

「許されざる者……」

このお方は、本当に自分と同じ世界に生きているのだろうか。どこか俗事を超越した、一段高いところで生きている気もしてくる。

だが、静山は次に俗事を訊いた。

「餅《もち》はあるのか？」

「はい。そっちは大丈夫です」

「なくなったらいつでも来いよ」

さりげなく言って、静山はそっぽを向いた。

大きな注連飾りだったので、一度、長屋にもどることにした。これを玄関口に飾ろうとすると、我が家の飼い猫になった三毛猫のにゃん太が、飛びついて遊びたがる。ちょっと飛び出ている小さな鯛の飾りが気に入ったらしい。

「おいおい、邪魔するな」

そうは言うが、遊ぶようすがあまりにも可愛いので、いつまでも遊ばせてやりたい気もする。

三

それでもかけ終えて、人の多い場所に向かうことにする。

すぐ近くだが、神田明神あたりも人が多い。今日は、あのあたりを行ったり来たりすることにした。

正月飾りの店だけではない。道具屋などもずいぶん出ている。ひやかしたいが、やはり時が勿体《もったい》ない。いかにも粗悪で、すぐに燃えつきてしまいそうな炭を売っている店もある。やたらと安いが、これには立ち止まる客はいない。

静山はあまり興味がわかなかったようだが、彦馬ははまぐりのことがまだ、ひっかかっている。

謎が解けないのは、何か気持ちが悪い。

――はまぐり、はまぐり、はまぐり……。

通りを歩いていると、

「先生。何、深刻そうな顔で歩いてんだい？」

と、声がかかった。

見ると、手習いに来ている金助《きんすけ》である。

わざと泥でもなすりつけたような汚れた顔をしている。その中にある瞳《ひとみ》だけは澄んで、輝いている。

金助の後ろには注連飾りがずらっと並んでいる。ただ、静山が買っていたような豪華なものはない。かんたんな仕上げの、それだけに貧乏長屋にはふさわしそうなものばかりである。

「よう。金助、ここにいたのか」

「働いてるんだぜ。おやじの仕事、手伝って、注連飾り売ってんだ」

「うん。大変だろう」

金助のおやじは以前、佐渡《さど》の金山で金掘りをしていたと聞いたことがある。酔っ払うといつも、「おめえは佐渡で拾ってきたから金助と名づけたんだ」と冗談を言うらしい。いまは佐渡から帰って、香具師《やし》をしている。いちおう真面目に働いてい

るが、金助に言わせると、

「今度、揉《も》めごとを起こしたら、罪はぐっと重くなりそうで心配なんだよ」

と、言っていた。金助は、言葉遣いは乱暴だし、かっとなるとすぐに手が出る悪い癖もあるが、根はやさしいところがある。それは、手習いに来ているようすでもよくわかる。

香具師はもちろん、正月前は稼ぎどきである。この四、五日は金助も父親に駆り出されて手習いにも来ていなかった。

「先生。一つ、買ってくれよ」

と、金助が言った。

「それがさ、一つ、立派すぎるものをもらっちまったんだよ」

「ちぇっ。せっかく先生と会ったのに。ぐりはまだぜ」

と、横を向いた。

なんだか空中を金魚が泳いでいったような気がした。

「ん？　いま、何て言った？」

「せっかく先生と会ったのにって」

「そのつぎ」

「ぐりはまだぜ」

「ぐりはま？」

頭の中で何かが光った。

「おう、ぐりはまだよ」

金助はもう一度、一丁前の口ぶりで言った。

「ぐりはまってなんだ？」

「はまぐりを逆にしたんじゃねえのかい」

「なんで、はまぐりなんだ？」

「あれ、先生、ぐりはまの意味を知らないのか」

ちょっと馬鹿にしたように言った。

「どんな意味だ？」

「当てが外れたって意味だよ」

「そんな意味があるのか？」

いわば江戸の流行《はや》り言葉である。「ぐりはま」も、「べらぼう」などと同様、ずいぶん流行った。

江戸っ子は流行り言葉が大好きである。子どもたちの話の中にも、平戸では聞いたことがなかった言葉がぽんぽんと飛び出す。そのつど意味を訊く。

聞けば、たいがいなるほどと思うのである。はまぐりも、蝶番《ちょうつがい》のところがはずれて二つに分かれると、逆になったりして、なんか当てが外れたという意味になるのはわかる気がする。

あのとき――。

湯船の中から拾い上げたはまぐりの貝殻を見て、誰かが、「はまと、ぐりに、分かれてる」と言ったのだ。すると、後ろで「ちぇっ」と舌打ちしたやつがいた。彦馬は振り向かなかったが、あれが殺された男だったのではないか。二階にいるあいだ、貧乏ゆすりをして、何となく苛々《いらいら》していた男。あの男は、湯にはまぐりを入れた意味をすぐに理解したにちがいない。

――そうか、当てが外れたのか。

「先生。どうしたい？　ぼぉーっとしちゃって」

と、金助が耳元で言った。

「ん？　なんでもない。それよりいいことを聞いたし、せっかく金助が一生懸命働いているんだしな」

本当は無駄なお金は使いたくないが、ここは教え子のためだろう。

小さいのを買った。三毛猫のにゃん太用にしよう。輪の下に長い藁《わら》が数本飛び出している。これを引っ掻《か》いたりして遊ぶにちがいない。

もっとも本当ならこれくらいが彦馬の家にはふさわしいのだが。

彦馬は原田に会いに奉行所に行こうかと思った。

だが、原田のことだからまだ現場でうろうろしているのではないか。妻恋町の湯屋に行ってみた。

やはりそうだった。つまらなそうな顔で、近所のおかみさんの話を訊《き》いているところだった。

「おい、原田」

と、声をかけると、

「よう、雙星、おいらのかわりに話を訊いてみたくはねえかい？　ここらで変わったことがなかったか訊いてくれるだけでいいんだ」

まったくやる気がうかがえない。

「それより、はまぐり湯の謎が解けかけてきたぞ」

「はまぐり湯に謎なんかあったっけ？」

疑いすら持っていないのだ。だが、もしかしたら、それは原田が善人であることを証明しているので、いろんなものに疑いをかける自分のほうがおかしいのかもしれない。

「ばらばらのはまぐりは、ぐりはまの意味なんだ」

「ぐりはま？　当てが外れたってか？」

さすがに江戸で生まれ育った原田は、流行り言葉も知っている。それで、あの謎にぴんと来ないのだから、たいしたものである。

「はまぐりをばらまいたのは、上で休んでいた男に伝えたかったのさ。当てが外れたってな。だが、それは期待とはずいぶんちがっていたので、怖くて言えなかった。それで、はまぐりを使って伝え、さっさと逃げ出してしまった」

「ふうん」

いくらか興味がわいてきたらしい。表情がすこし締まった。

「それでも、殺された男はまた次の日も来たってかい？」

と、原田は言った。

「そこはよくわからないが、何か諦《あきら》めきれないことがあったか。当ては外れていないと思ったのか……」

もうすこし調べてみなければならないようだった。

四

翌日——。
朝のうちに長屋の掃除をしてしまおうと、雑巾《ぞうきん》で拭《ふ》き掃除を始めた。猫が出入りするので汚れるのか、思っていたより雑巾は黒くなり、何度も拭き直しをするうち、昼近くになってしまった。

今日は大晦日《おおみそか》だが、彦馬はなんとか年内にはまぐり湯の謎を解いてしまいたい。これが解ければ、来年は織江も見つかる——そんな願掛けめいた気持ちもわいてくる。

不思議なのは、当てが外れたのを伝えるのに、なんでわざわざはまぐりを撒《ま》くような面倒なことをしたのかということだった。そこらの子どもでもつかまえて、文でも届けさせればすむではないか。

それをわざわざはまぐりの貝を集めてきたのだろうか。

しかも、ここらは海には遠い。深川あたりには貝の殻むきを商売にする者も多いが、こんな高台まで持ってくる馬鹿はいない。だから、はまぐりの貝など、探すだけでも大変そうだった。

妻恋坂の下に立って、しばらくぼんやりしていると、力のない足取りの男が、彦馬の前を通った。

この坂を登っていくのを何度か見かけている。

一見して浪人者である。顔色は悪く、腹も空《す》かしているようである。足取りが覚《おぼ》束《つか》ない。今日に限ったことではない。いつもこんな感じで歩いている。

背中に旗がある。「ガマの油」と書いてある。浅草寺の奥山《おくやま》や、両国橋《りょうごく》のたもとでよく見かける。仕事のときは元気な声を張り上げるのだろうが、いまはひどく冴《さ》えない。肩が落ちている。着物の襟はすでにぼろぼろで、草むらのようになっている。

今日もあまり売れなかったのだろう。

たしかに、ガマの油はあまり売れそうではない。人はそうそう切り傷などつくらない。そのために、安くもないガマの油を常備したりはしない。だいたいが、あれを使い切ったという人も聞いたことがない。

なんとなく同情心がわき上がってくる。

もしかしたら、あの姿が自分であっても何の不思議はないのだ。たまたま千右衛門がいい仕事を見つけてくれた。そんなに多い給金ではないが、法深寺の好意もあり、どうにか食べていくことはできそうである。

だが、もしも千右衛門のような友人がいなかったら、ああしてガマの油だの、ヘビの煎《せん》じ薬だのを売っていたかもしれないのだ。

——そういえば……。

ガマの油の膏薬《こうやく》は、はまぐりの貝に入れていなかったか。

——こいつが……。

胸が高鳴った。

妻恋坂を登り切って、右手に曲がる。ここらは三組町《みくみ》と呼ばれ、まっすぐ行くと湯島天神の境内にぶつかる。

浪人は、すぐ手前の路地をくぐった。

「もし」

と、彦馬も路地に入り、後ろから声をかけた。

「ん？」

「もしかして、はまぐりの殻をたくさんお持ちではないですか？」

あまり近づかずに訊いた。

彦馬は無腰である。ガマの油売りは刀を持っている。それで、腕を切ってみせたりする。もっとも、あの刀は贋物《にせもの》で、肌をこすると贋の血が出る仕掛けなのだという説も聞いたことがある。

だが、いきなり抜いたりしたら、すぐに逃げるつもりでいる。

「なんだと？」

「はまぐりの殻ですよ」

「おぬしか？」

と、ガマの油売りは言った。目に怒りがある。だが、刀に手をかけたりはしない。

「おぬしか。わしがそこに乾かしておいたはまぐりの殻を盗んでいったのは?」

逆に嫌疑をかけられた。

「とんでもない」

「あんな金にもならないのを持っていくなんて、嫌がらせとしか思えぬ」

「いや、だから、わたしじゃないですって。そうですか、やっぱりあなたが盗まれたのですか?」

浪人者もわけがわからないだろうと、彦馬はこれまでのことをざっと話してやった。

「は?」

「ほう。はまぐり湯か。なるほどな」

貧《ひん》しても鈍《どん》しているわけではないらしい。すぐに納得してもらえた。

「面白いでしょう」

「面白いだろうが、わしは腹が減ってそれどころではない。事情はわかったから、あとは謎でも何でも勝手に解いてくれ」

そう言って、家の中に入ってしまった。

彦馬は、今度はゆっくりこの長屋を見回した。

この長屋はどんづまりである。路地を反対には抜けられない。こんなところに、わざわざ貝をかっぱらいに来るだろうか？

はまぐりを使ったのは、わざわざ使ったのではなく、すぐに目につくところにあったからなのだ。ろくに考えもせず、ぱっと思いつきでやれたことだったのだ。

当てが外れたことを、待ち合わせしている湯屋の男に伝えなければならない。だが、直接言うのは、怖いか、気が引ける。

いい方法はないか。

と、思ったら、はまぐりの貝殻が見えた。

ぐりはまだぜ……。

彦馬はやっと逃げた男の気持ちをたどることができた気がした。

そいつはすぐこの近くにいる。

浪人の家の前――。

戸口を拭《ふ》いている男がいた。ようやく拭き終えたらしく、雑巾を置き、用意しておいたらしい紙を戸口に貼った。江戸ではよく見る、おなじみの文句を書いたこの紙は、斜めに貼るのが慣例らしい。

　空き家あります

「そこ、空き家ですか」

と、彦馬は大家らしき小肥りの頭が薄くなった男に訊いた。

「そう。数日前に急に空いてね。あんた借りるかい?」

「いや、わたしは妻恋町に住んでますので。それよりこれまで住んでいた人はどんな人でした?」

「若い男だよ。伊豆《いず》の山奥から江戸で一旗上げようと出てきたんだが、そんな夢みたいな話が実現できるわけがねえ。山猿みたいな暮らしは嫌だと抜かしてきたんだが、なんでも山猿にもどることにしたんだとか」

「では、夜逃げかなんか?」

「そう。道で会った友だちに、大家によろしくとさ。まあ、あたしに挨拶《あいさつ》してってくれただけでもいいかね」

と、大家は苦笑した。

「名前はわかりますか?」

「ああ。伊予吉《いよきち》といったよ。最初は真面目に大工の修業をしてたんだが、途中からバクチに凝り出したみたいだった。説教もしたんだがね、ああなっちまうとなかなかもどらねえ。山猿になるといったくらいだから、よほど懲りたんだろうね。あいつのためにはむしろよかったのかもしれねえな」

大家はいかにも年の暮れにふさわしい、しみじみした口調で言った。

五

これはたぶん、ごろつきどものケンカなのだ。彦馬が巻き込まれても危ない目に遭うだけである。

あとは同心の原田朔之助にまかせるしかない。

急いで原田を呼んできて、これまでのことをすべて話した。原田は若い下っ引きをつれてきた。

「ほんとに、殺しとはまぐりとつながっちまったか」

原田はうんざりした調子で言った。

奉行所のほうでもいちおう殺された男は調べていた。

元大工の念二《ねんじ》という男だという。

「どっちも元大工か。二人のつながりはすぐにわかるだろうな」

原田は若い下っ引きを顎《あご》でしゃくるようにした。

それから二刻（四時間）ほどして――。

彦馬がまた神田明神の境内を行ったり来たりしていると、早くも原田が一報を持ってきた。

「やはり、殺された念二が、伊予吉をバクチに引き込んだみたいだ」

「そうか」

「それと、大きな証言が出た。伊予吉が、四、五日ほど前に両国の賭場《とば》で三つ目の清蔵《せいぞう》と話しているのを聞いたやつがいる」

「三つ目の清蔵？」

「額のここんとこに目玉の彫り物をしたバクチ打ちさ」

「目玉の彫り物とは……」

凄《すご》みがあるかもしれないが、笑ってしまうやつもいそうである。

「だいぶ悪い野郎だが、人殺しまではしてこなかったんだがな」

湯屋から、頭に手ぬぐいを巻いた見かけない男が出ていったという証言もあるという。それが、目玉の彫り物を隠した清蔵だったらしい。

「清蔵は伊予吉に、てめえらがおれを脅すなんて、お笑い草だぜと言ったというのさ」

「なるほど……」

どうやら念二と伊予吉が、何か、三つ目の清蔵の悪事の尻尾《しっぽ》をつかんだのではないか。それをタネに脅そうとでもした。

ところが失敗した。

あんなやつ脅したら、こっちが殺されると伊予吉は逃げた。

逃げずに粘った念二は、とうとう殺された。

ざっとそういう筋書きらしい。きっかけは彦馬がつくったが、大きな筋書きを探り当てたのは原田である。

あとは、三つ目の清蔵という男を追いつめるだけである。これは奉行所のお手のものだろう。

「また、手柄になりそうじゃないか」

と、彦馬は原田の肩をぽんと叩いた。

「それはそうだが、明日から正月だぜ。上司に言ったら正月も返上だ。言うのやめようかな。雙星、おぬし、ここまできたら最後まで手伝う気はないのか」

と、原田は恨みがましい目で彦馬を見た。

まるで、彦馬が年内に謎を解いたのは迷惑だったように。

そのころ——。
神田明神からもそう遠くはない柳森稲荷《やなぎもりいなり》の前の団子屋で、きれいな若い芸者と、煤《すす》のついた顔をしたどこかの飯炊き女が、背中合わせに座って、団子を食べていた。

知り合い同士とは誰も思わない。

だが、背中合わせになりながら、二人はちゃんと言葉をかわしている。

「織江。元気だった？」

「お蝶。あんたこそ、どう？」

織江とお蝶だった。

どちらも変装している。以前、桜田御用屋敷から外に酒を飲みに出たときとは、外見も雰囲気もまるでちがっている。

二人は、たとえ任務の途中にあるときも、江戸にいるときは必ず、二人だけで会う機会をつくっていた。それはまだ十代半ばのころからの、二人の約束ごとだった。それがあったからこそ、お互いつらい指令にも耐えてこられたのかもしれない。

「正月は休めるの？」

と、お蝶が背中を向けたまま、訊《き》いた。

「うん。なんとかね」

大晦日《おおみそか》と正月の三が日は、飯を炊く仕事はない。実家にもどってきてもいいと言われたが、ずっと屋敷にいると答えた。

ただ、昼間は何度か出かけることになるだろう。

「あたし、いま、しょっちゅう中津藩の中屋敷に出入りしてる」

と、お蝶は茶をすすりながら言った。

中津藩の中屋敷がある場所はもちろん知っている。だが、織江は中に潜入したことはない。

「うん。面倒なことでもあったの？」

「いや。ただ、昔、あんたの母さんとうわさがあった男と会ったよ」

「ああ、それか……」

このあいだ聞いた話だろう。

「くわしくは聞いてない？」

「そんな男がいたとは聞いた。どこの誰かは訊かなかった。訊きたくもなかった」

だが、九州の藩をいくつか担当したことは耳に入っていたし、そのあたりとは薄々見当もついていた。

「お父上じゃないよね」

「ちがうみたいよ」

織江はそっけない調子で言った。父という言葉を聞くと、拗《す》ねたくなる。昔からである。もう二十三にもなったのに。いや、年が明ければ二十四になるのに。

本当は父に向かって拗ねているのではなく、父のわからない自分をつくった母に対して拗ねているのかもしれない。

「魅力のある人だよ」

「馬みたいな男だったって聞いたけど」

「うん。顔は長いね。ねえ、織江……」

お蝶はふいに、不安げな声になった。

「あたし、あんたはあそこからいつか抜けるような気がしていたの」

「抜ける……」

「ずっとそう思ってたんだ。あんたには、あたしにはない糞度胸《くそ》があるって」

お蝶の声が震えた。どうしてそんなことを思ったのか。だが、お蝶は昔から勘が発達していた。何か起きそうな予感を得たのかもしれない。

抜け忍。それは母の雅江も口にしていたことだった。

「馬鹿ねえ。抜けるなんてこと、できっこないよ」

と、織江は笑った。

「うん。そうも思う。いったんは抜けても、いつか捜し出され、成敗される。だから、そう思ってもやめて。ね、思いとどまって。男なんかほかにいくらもいる。新しいの、見つけよう」

「そうね……」

お蝶は背中を向けたまま、懇願するように言った。

男はいくらでもいるかもしれない。感じのいい男も、誠実な男も、わたしを心から大事にしてくれる男も。

だが、それは運命の男ではない。果てしない流れの中から何か大きな力によってつまみあげられ、糸でも結ぶように引き合わされた仲。それが絆《きずな》。

――わたしの名は雙星織江。夫の彦馬さんに首ったけです。身も心も。

第三話　人形は夜歩く

一

初日の出は、期待したほどおごそかでも、雄大でもなかった。東の空の下半分ほどをおおっていた雲の中から、ぼんやりと顔を出してきた。敵討ちの刻限に遅れてしまった助っ人のように、頼りなげだった。

湯島の高台で初日がよく見えそうなところに立っている。そう多くはないが、近所の人たちもちらほら出てきている。

「これが今年の初日かよ」

と、近くにいた十七、八の若者が不平を鳴らした。

だが、こんなものだろうと彦馬は思った。絵に描いたような初日は、自分にはふさわしくないし、拝むのも照れ臭い気がする。

それでも静山は「大きく願え」と言った。「こそこそ願っていたら、かなうものもかなわぬぞ」と。だから、ぼんやりした初日に向かって、紙風船でも叩《たた》き割るように大きく柏手《かしわで》を打った。

次にすぐ近くの妻恋稲荷に向かう。

ちなみに――。

妻恋稲荷（妻恋神社）は、平成のいまもちゃんと現存する。

神田明神と湯島天神を二つとも参拝する人たちが、途中の高台にあるこの小さな神社を見て、「おや、こんなところにも」という顔をする。ここが小さくはなったが、彦馬が祈った妻恋稲荷である。

そのわきにある秋葉原《あきはばら》のほうへと下る坂が妻恋坂。かつて妻恋町と呼ばれたあたりにはラブホテルが鎮座し、色っぽいと言えなくもない。もともと湯島界隈《かいわい》というところは、そう風紀のいいところではなかった。

社伝によれば、ここは日本武尊《やまとたけるのみこと》が東夷征伐をおこなったときの行宮《あんぐう》になった場所だという。この東征のとき、お妃《きさき》の弟橘媛命《おとたちばなひめのみこと》が海に入って亡くなってしまった。その妻を思い出し、日本武尊は、

「わが妻よ……」

と、嘆き悲しんだという。

彦馬は玉砂利を踏んで境内に入った。

まだ参拝客はそう多くない。おそらく谷一つ向こうの神田明神は参拝客でごった

返しているのだろうが、こちらはひっそりとしたものである。本殿では神主が祝詞《のりと》をあげていた。

わずかだが賽銭《さいせん》を入れ、

「織江に会わせてください……」

と、祈るのはそれしかない。

大きく願えと言われても、夫が妻に会わせて欲しいと祈るのは、そうだいそれた願いではないはずである。だが、藩士がかつて藩に潜入したくノ一に会わせて欲しいというのは、かなり無理な願いかもしれない。

だから、あとは何も望まない。効力を分散させたくない。

彦馬の後ろからやって来た職人ふうの二人づれが、手を合わせた。

一人はすでに酒が入っているらしく、

「どうか今年こそ、金と出世が我がものになりますように」

と、大きな声で祈った。

「おいらは、妻が手に入りますように」

もう一人も声に出して祈った。

「ばあか。妻なんざ、金と出世が手に入れば、かんたんに得られちまうだろうが」

「そうかあ?」

「おれは吉原の花魁《おいらん》から聞いたんだ。女は一押し二金三に顔だって。押しの強さは出世すれば自然と身につくのさ。顔はおめえもおれもそうひどくはねえ。だったら、出世と金を願ったほうが、手っ取り早いじゃねえか」

「なるほどな」

と、片方も納得したらしい。

——そうなのか。

と、彦馬も思った。自分には金も身分もなかったから、織江を失ったのか。そんなことを思うようでは、自分もずいぶん気弱になったものである。

本殿のわきで縁起物を売っている。ここは、初夢を見るための七福神の絵が有名である。元日の夜、枕の下に置いて寝る。いい夢を見るためだけの縁起物だという。もし、いい夢が見られたらもう一度、ここに納めればいい。あるいは、一年中、壁に貼っておいてくれてもいいのだそうだ。

つられるように買ってしまう。

さらに、そのわきにあったおみくじを引いた。

「小吉」

と、あり、

「捜しもの。見つからず。待ち人。すでに来ている」

とも書いてあった。

まったくの判じ物みたいで、なんのことかわからない。捜しものと待ち人。彦馬にとってはどっちも織江なのだが、占いは矛盾している。待ち人がすでに来ているというのも不思議な言い方である。

からかわれているような気分で長屋にもどった。

いちおう雑煮はつくるつもりでいた。というより、つくらなければ食うものがない。

あご（トビウオの干物）で出汁《だし》をとりたいが、江戸では手に入らない。そこで煮干しをつかうことにした。にゃん太にも三匹、

「お年玉だぞ」

と、大きめのやつをやった。海辺で猫を飼う分には餌に不自由はしないが、江戸だと新鮮な魚はやれない。

にゃん太は頑張って食い扶持《ぶち》を稼いでくる。ネズミは近ごろほとんど見ないから、にゃん太の腹にも何匹かはおさまっているのだろう。しかも、近所の魚屋に行っては、適当に可愛がられ、腸《はらわた》などももらったりしているらしい。一度、カラスに挑みかかっているところも見たことがある。これはさすがに失敗していたが。

もっとも人間のほうも、海辺と比べておかずはだいぶ貧しげになる。目の前の海

で釣って、干物にしておくなどということもできない。

雑煮も、中身は餅《もち》とネギだけ。だが、食いもののことなど何だというのだ。

午後になって――。

千右衛門と連れ立って、本所中之郷の下屋敷に年賀の挨拶《あいさつ》に来た。

古びた着物は新しくしようがない。だが、元藩主に挨拶に行くのだからなと、彦馬にしてはめずらしく姿のことが気になった。埃《ほこり》をはたき、足袋だけはいちばん新しいものを履いた。

下屋敷にも年始の客は多い。

玄関口の奉賀用の帳面の前には、七、八人ほど並んでいた。

上屋敷のほうにいる藩士だけでなく、出入りの町人たちもいるし、芸者らしき女もいる。妙にくねくねして、しきりに扇子で額を叩いているのは幇間らしい。静山のふだんの付き合いの広さを物語っている。

名前だけ書いて帰るつもりである。

記帳しようとすると、奥から若い藩士が出てきて、

「西海屋さん。雙星どの……」

「はい」

「御前がお待ちですので」

と、離れに通された。

玄関の前の両脇にタケとマツがいる。いつもは狛犬《こまいぬ》のようだと思うが、今日は名前からまさに門松のようだと思ってしまう。

「御前。明けまして……」

玄関の板の間で二人並んで頭を下げかけると、

「よいよい。以下同文」

と、静山は笑って言った。同じことを聞きつづけるのも大変なのだろう。

「上がれ。見てもらいたいものがある」

千右衛門と彦馬は奥に上がった。

「これを見てくれ」

と、静山が指差したのは、いかにも古びた人形である。

「また古そうな人形ですね」

「六百年前のものだ」

「六百……」

満天の星がぐるぐる回った感じがした。

漆が塗られたのか、剝《は》げてきているのと古びたのとで、塗料や素材も見分けがつきにくい。磨いたり、陽にさらされたり、何百年という膨大な歳月は、たしかに人形の肌に積み重なっている。

「これが、夜、歩くのだ」

と、静山は嬉しそうに言った。

「えっ」

彦馬は目を瞠《みは》り、顔を人形に近づけた。ついでに匂いも嗅《か》いでみたが、とくに変わった匂いはしない。

「長銀堂《ちょうぎんどう》という版元がいてな。いっぷう変わった書物を出版しつづけている男さ。その男が持ち込んできた。骨董《こっとう》が趣味で、かなりの目利きでもあるのだが、これは判断がつかないし、怖ろしいのでわしにくれると言ってきた。どうも新しい年にまで持ちつづけるが嫌になったらしい」

「怖ろしいのでくれたのですか？」

ずいぶんと無責任な話ではないか。

「うむ。体《てい》のいい厄介払いだな」

「御前はもらってしまったのですか」

「面白そうだろう。『甲子夜話』に入れてもいいしな。長銀堂もまさかもらうとは思っていなかったらしく、もらったら驚いておった」

静山には怖いという気持ちはあまりないらしい。

「わが国のものではないですね？」

と、千右衛門が訊《き》いた。

「唐人人形さ。この人物は、詩人の李白《りはく》だそうじゃ」

「李白……」

彦馬は目を瞠った。

唐の大詩人である。李白がつくった漢詩のいくつかは、藩の学問所でも暗記させられた。「牀前《しょうぜん》に月光を看る　疑うらくは是《こ》れ地上の霜かと　頭《こうべ》を挙げて山月を望み　頭を低《た》れて故郷を思う」李白はよく、月を詠《よ》んだ。そこも好きなところだった。

いわれてみると、いかにも李白という感じである。

裾《すそ》の長い上着を着て、右手は軽く握って後ろの腰に当てている。大河のほとりあたりで詩想を練っているように見える。

かすかな笑みがある。これは、大好きな酒を帯びているからと見えなくもない。

「だが……」

と、彦馬は指をさした。痛ましいことに、李白の左手がない。

「うむ。その左手じゃ。もちろん、六百年前につくられたときはあった。それが斬られてしまったらしい」

「何かをつかんでいたのですね？」

と、彦馬が言った。

「そういうことだ」

「よほど高価なもの？」

と、千右衛門が訊いた。

「玉《ぎょく》だ」

「玉」

唐の宝石のことである。

「玉のうちでも高価な翡翠《ひすい》だったらしい。それも、皇帝が欲したと言われる秘宝ともいうべき逸品だった。直径四寸ほど。混じりけのない鮮やかな緑色をしていた。それは、とくに琅玕《ろうかん》と呼ばれる最高級の翡翠だそうだ」

と、静山は言ったが、その翡翠を見たわけではない。ちらちらと箱をのぞくところを見ると、そういった由来も箱書きにあるらしい。

「これには、途中、取り引きされたときの値も書いてあるが、わが国の金に直すと、最初が千両、次が千二百両」

「この人形が千両以上……」

李白の雰囲気をよく湛《たた》え、独特の味わいもあるが、千両などという値は、江戸っ子の真似をして言えばべらぼうである。古びた人形と千両箱いっぱいの小判。やはりつり合わない。それは翡翠の値だろう。

だが、そのために、人形は左手を失った。

「手を斬られてから、歩くようになったらしい」

と、静山は言った。まるで、手を斬られて、人形としての命を失い、幽霊になってさまよい出したみたいではないか。

「歩くところをご覧になったのですか?」

と、彦馬は訊いた。背筋にすこし冷たいものが走る。

「わしはまだだ。だが、歩く音を聞いた者は多い。長銀堂も聞いた。あいつは嘘を言わぬ。こつこつと、夜中に足音がした」

「こつこつと……」

彦馬は何か思い出しそうになる。

「あ」

「どうした?」

「そういえば、甲子夜話にも」

「うむ。だからわしも興味を持ってな」

と、静山はうなずいた。

甲子夜話の話というのは、こうである。

長崎の唐人屋敷では、人が死ぬたびに必ず幽霊となって現われた。唐の商人はこのことを思い悩んでいたが、一向におさまる気配はなかった。

ある客が亡くなって二、三日後、屋敷内の遊女の部屋に幽霊が来た。階下からはしごを上る靴音が聞こえたので見てみると幽霊であった。

遊女は怖がり寝巻きをかぶって隠れていたところ、あたりを歩きながらしばらくすると去っていった。狐狸《こり》の霊が食べ物のために人を騙《だま》しているのかと思ったが、幽霊は館内の一室にのみ現われるため、そうでもないようである。また、荷物を持つ霊の姿もたびたび目撃されている。

唐人屋敷では、とうとう館内に幽霊堂というものがつくられた。最近死んだ者の幽霊は必ずこの堂に現われて、こつこつという靴音が絶えないという。清《しん》の本国でもどうやら同じような現象がよく起きるということだった。

「わが国の幽霊は足がなかったりするが、唐の幽霊はこつこつと足音を立てる。面白いと思ってな」

「はあ」

面白がるのは静山くらいだろう。

「長銀堂は供養しようとした。だが、なにせ唐のもの。寺に持ち込んでも、供養の仕方がわからないと断わられたそうじゃ。仕方なく、わしに預けていった」

その長銀堂というのもひどい人である。

「それで、わしはこの人形を置いて寝てみた」

「大晦日《おおみそか》の晩に？」

除夜の鐘が響く中、唐人人形がこつこつと音を立てて歩く。そんなところを見たがるだろうか。

「そうさ。わしも酔狂よのう」

と、静山は笑った。

「御前、置かれたのはこの部屋ですか？」

と、彦馬は訊いた。

「うむ。その床の間に置き、わしはここで寝た。歩いた気配がすれば、必ず起きるが、起きなかった。歩かなかったのだろうな」

「だが、床の間にも畳が敷かれていますね」

一段高いが、そこにも畳が敷いてある。

「それでは、こつこつという足音は響きません。御前なら歩く気配だけでおわかりでしょうが、足音にも何か意味があるのかもしれません。今宵《こよい》は、木の床の上に置かれてお休みになったほうが」

と、彦馬は言った。

「なるほど。たしかにそうだな。だが、あいにくわしは今日、上屋敷のほうに泊まらなければならぬ用があってな」

「では、明日の晩にでも」

「ううむ。正体をお預けにされると、胸がつかえたようじゃな。そうだ。雙星。そなた、今宵はここに泊まっていけ」

「え」

思わぬ話のなりゆきである。

「本当に歩くかたしかめて、明日戻ったら教えてくれ。明日は朝早くに帰ってくる。まさか、そなた、怖いなどというのではあるまいな」

「いや、それは……」

怖くないこともないが、たしかに謎は気になる。恐怖と探究心を天秤《てんびん》にかければ、彦馬の場合、いつも探究心のほうが重い。

「その外の廊下に置き、障子を閉めて中で休めばよい。どうじゃ？」

「それはまあ、かまいませぬが」

三毛猫のにゃん太の餌がちょっと気になる。その心配を言うと、

「小僧でも行かせるさ」

と、千右衛門が言った。

それに、二日の昼過ぎには法深寺で手習いの書初めの式がある。子どもたちに新しい筆や紙を配り、「新年」とか「初日」といった字を書かせる。せいぜい半刻《はんとき》もかからない簡単な式だが、子どもたちは楽しみにしている。これにも出なければばならない。

「大丈夫だ。それは必ず間に合うようにする」

と、静山が保証した。

「それなら……」

彦馬はこの離れに一人で泊まることになった。

桜田御用屋敷――。

いささか奇妙なのだが、この屋敷の中に、大奥の女たちの休息所がある。大奥の女たちは、将軍の夫人の代理として、しばしば寛永寺や増上寺《ぞうじょうじ》に参詣《さんけい》にあがる。護衛の者がいたりしてけっこうな行列になる。そのとき、ここに立ち寄り、衣服の乱れを直したり、休息したりする。

そんなことは、寺の控えの間でも借りてやればいい。それをわざわざお庭番たちの屋敷に来てやるというのは、おかしなものではないか。

むろん、わけはいろいろとある。お庭番は大奥とも深くかかわっている。それはともかく、その休息のための部屋がいくつかあり、桜田御用屋敷の中ではいちばん広い部屋になっている。毎年、元日にはこの一室をお庭番たちが借りた。祝いの席をつくるためである。

隠密御用をつとめる人たちにだって、めでたい正月はやって来る。一年中、隠然と闇に潜むわけではない。

むしろ、ほかの旗本や御家人の家よりも、粛然と祝う傾向がある。

お庭番は、将軍吉宗《よしむね》によって設置された機関だが、当初、紀州《きしゅう》ゆかりの者、十七家によって始まった。のちに、分家から格上げされる者もいたりして徐々に増えてきた。いまは二十数家が中心になって、さまざまな御用に従事している。

時代によっても変化はあるが、この御用屋敷に紀州ゆかりの家の者がすべて住んでいるわけではない。他の武家地に与えられた屋敷に住む者もいる。いや、そうしたがる者のほうが多い。隠密御用のことなどおくびにも出さず、しかもできるだけ御用を言い付かることのないよう、目立たず、無難な暮らしをしている。

だから近ごろでは、二十数家のうち、七、八家の者しか住んでいない。

ただ、あくまでもここがお庭番の本拠である。

正月ともなれば、ほかに住まいを移した家の者もここに集い、多少の後ろめたさを感じつつ新年を祝った。隠密たちの新年会である。

むろん酒も出る。

くノ一がつねづね磨いた芸を披露したりもする。

本当かどうかわからないが、だいぶ前に若くて元気なくノ一がここで火遁《かとん》の術を披露し、あやうく火事を出しかけたことがあったという。いまはそんな素っ頓狂なくノ一もいなくなって、ずいぶんとおとなしく、なごやかなものである。

そんな中、川村真一郎は不機嫌だった。

黙って酒を飲み、ときおり鋭い目を高い声を上げている者に向けた。

明らかにお庭番は堕落した。

内心、憤懣《ふんまん》やるかたない。

「あいつと、あいつと、あいつ」

とくにひどい連中がいる。だらしなく酔い、遊興の話にふけっている。うっかりすると、仕事の秘密まで口にしそうである。それでいて、やつらは上の一部には目をかけられ、遠国《おんごく》奉行への栄転という声もちらほら聞かれる。

なぜ、隠密から奉行になるのだ。隠密が陽の目を見るようになっていいのか。それがいちばん納得いかない。

われらはあくまでも陰の存在であるべきなのだ。陰の組織として巨大になるべきなのだ。伊賀《いが》も甲賀《こうが》も、そして柳生《やぎゅう》一族も、皆、表に出ようとして没落した。人の裏を探ることを仕事にした者は、二度と表に出てはいけない。

それは川村真一郎の持論であり、信念でもあった。

表に出たがる連中を横目で見て、川村真一郎はすくっと立ち上がった。足元にもだらしない酔いは微塵《みじん》もない。

廊下を奥まで行き、北向きの十畳ほどの部屋に入った。

ここでは、下忍《げにん》の者たちの宴《うたげ》がおこなわれていた。

下忍たちは、十七家以来の者たちほどは堕落していない。それはそうで、いまも探索の最前線にいる。命がけの仕事をしている。

ざっと見回した。

懐かしく、頼もしい連中の顔があった。

とくに、三人の下忍。向こうも川村真一郎を認め、かすかに頭を下げた。

いちばん手前にいるのは、長く薩摩《さつま》に潜入している寒三郎《かんざぶろう》。呪術師《じゅじゅつし》である。

その向こうは、長崎の密偵を実質上たばねている順平《じゅんぺい》。別名、宵闇順平と呼ばれ、夜に溶けるといわれる。

いちばん奥にいるのは、関《せき》ヶ原《はら》の怨念《おんねん》を持ちつづけているという長州《ちょうしゅう》に潜んだくノ一の浜路《はまじ》。かつて、雅江とともに天守閣のくノ一と呼ばれた。

ほかの下忍たちからもどことなく浮いている。

紀州ゆかりの者などは、まず声もかけない。使いつつ、怖れているのだ。

腕は立つが、いずれも品がない。そう言う者もいる。並外れた能力を持つ者が放つ尊大さや傲慢《ごうまん》さはたしかにある。文句があるならやめてもいいのですが。そこまでは思っていないだろうが、そう感じさせる。

じっさい、この者たちの替わりはきかないのだ。

ただ、こうした連中もただ一人、敬意を払っているのが若き実力者の川村真一郎だった。

川村は三人のいるところに近づき、腰を下ろした。

「川村さま。ご無沙汰《ぶさた》をいたしまして」

呪術師寒三郎が、閉じた目をこちらに向けた。盲目ではないという。だが、いつも目を閉じている。

目を合わせれば呪われる。

顔色はひどく悪い。透き通る一歩手前というほどである。横になれば、閉じた目といい、赤みのない肌といい、死人にしか見えない。

「活躍は聞いておる。薩摩に内紛の兆しが現われたというではないか」

「なあにまだまだ」

と、寒三郎は笑った。死人が笑えばこんな顔をするのかという笑いである。

「どうだ、シーボルトは？」

川村真一郎は、その隣りの宵闇順平に訊《き》いた。

「怪しいです。あれは絶対に怪しいです」

と、順平は答え、小さな包みを川村に手渡してきた。

「どうした、これは？」

「なに、出島《でじま》のカピタンの部屋から」

開けると、こぶりの南蛮の酒が出てきた。ギヤマンの瓶が黒くてよくわからないが、たぶんぶどう酒ではない。一度、飲んだことがある麦でつくった強い酒ではないか。

「逸品だそうです。盗んできました」

「そなた、出島に出入りしているのか」

と、川村は呆《あき》れたように訊いた。扇形につくられた人工の島で、出入りの見張りはきわめて厳重なはずである。

「あんなところは、造作もありません」

順平はこともなげに言った。

最後に挨拶《あいさつ》したのが、長州に潜んだ浜路だった。凄腕《すごうで》のくノ一だが、見かけはちがう。やさしいおふくろ。若いころは、刺々しいくらいの美貌《びぼう》だったというが、三十半ばあたりから変貌した。浜路はこうなってから、むしろ活躍が多くなった。

「川村さま……」

と、笑顔を向けられると、心の底から癒《いや》される気がする。しかし、これは偽りの癒しなのだ。本気にすれば、己の甘さを思い知ることになる。

川村は三人を見回し、つぶやいていた。

「そなたたちが江戸にいてくれたら」

二

——今宵は初夢の夜だった……。

と、彦馬は思い出した。そのために、妻恋神社の縁起物である七福神の摺《す》り絵はもらってある。泊まりになるとは思わないから、長屋に置いてきてしまった。せめて、にゃん太がいい夢でも見ていてくれるといい。

誰が正月早々に、唐人人形の幽霊の足音を聞く羽目になることを予想するだろうか。

ただ、いままで縁起のよさそうな初夢など見たためしがない。昨年などは、牛と豚といっしょに泳いでいる夢だった。しかも、牛と豚がこっちに尻《しり》を向けて泳いでいるので、「汚いなあ。あっちを向け」などと怒りながら泳いだものだった。

どうせ、今年もその程度だろう。唐人人形が歩くところを初夢がわりに見るのも一興かもしれない。

ここは静山も寝る部屋だという。さすがに布団の位置は床の間から遠くずらしてある。それでも同じ部屋に寝かせてくれるなど、静山でなければ考えられない。

さきほど、晩飯を置いていってくれた。

重箱に詰まったおせちと、雑煮。それにお屠蘇《とそ》ということで一本つけてくれている。まさか、そこまで静山が命じていくわけがないから、奥女中あたりが気づかってくれたのだろう。

こんな豪勢な飯は、生まれて初めてと言っていいくらいである。重箱のおせちはもちろん、雑煮がたまらなくうまかった。決して豪華な材料ではないのに、野菜を刻んだかたちなどに心がこもっていた。ふだん食いものがなんだと言い聞かせているが、これほどうまい雑煮を食うと、やっぱりすこし幸せになってしまう。

たらふく食べてごろりと横になった。

静かである。

いくら正月でも、町人地あたりはもうちょっと人の声はするはずである。

犬の声もない。二匹の犬はつれていってもらった。もしも、人形が動く音で吠え出したりしたら、謎を解くのにも邪魔になりそうである。犬二匹は上屋敷で年賀の挨拶をさせられることになった。

いまは亥《い》の刻（午後十時）あたりか。

「どれ、そろそろかな」

横になったまま、障子の隙間をのぞいた。

ここから見える廊下に、李白の人形が見えている。というより、そういう位置に人形を置いた。布団に身体を入れ、寒くないようにして人形を見張る。眠くならないうちに動き出してもらいたい。

廊下にも細めのロウソクが立てられているので、人形はよく見える。こっちの明かりのほうを消すことにした。

すると、陰影がくっきりし、いっそうよく人形の顔かたちがはっきりした。

李白の詩をもう一つ思い出した。

長安一片の月
万戸　衣を擣《う》つの声
秋風吹き尽きず

総《す》べて是れ玉関《ぎよくかん》の情
何《いず》れの日か胡虜《こりよ》を平らげて
良人《りようじん》は遠征を罷《や》めん

兵士の夫を思う詩だが、織江を思う自分の気持ちのような気がした。

しみじみ味わっていると、

——何か変だな。

と、思った。

李白が笑っている。

いくら素晴らしいものとはいえ、宝石など手にして、あの李白が笑うだろうか。

李白の手にふさわしいのはやはり酒杯である。友人の杜甫《とほ》が、「李白酒一斗詩百篇」と詠《うた》ったほどである。天子に呼ばれても行かず、わたしは「酒中の仙」と豪語した人である。宝石なんぞはまったくふさわしくない。

——本当に翡翠《ひすい》を持っていたのか？

そもそもそこが怪しい。

腕のかたちも変である。腕が曲がっているが、これで翡翠の玉なんか持てるのか。

翡翠の直径は四寸あったという。そんな玉を持っていたら、腕をまっすぐ伸ばしておかなければならない。それに、左手と比べても、かなり小さな手にならなければならない。

この人形は、手のないままで均整がとれている。これに翡翠を持ったらやはりおかしい。

——手はもともとなかったのではないか。

彦馬の胸に、この人形の根本的な疑念がわきあがっていた。

つくられたのはたしか六百年前と言っていた。そんな昔の謎を解かなければならないのか。

織江は訪れた幸運に狂喜していた。

彦馬が年始の挨拶に来ることは予想できた。だが、記帳だけして帰るにちがいない。そのおりに、ちらっとでも垣間《かいま》見ることができればいいと思っていた。

ところが——。

静山はめずらしく駕籠《かご》で上屋敷のほうに出かけ、彦馬とともに来た西海屋も帰った。

彦馬も当然、帰るのかと思ったら、どうやら一人であの離れに泊まることになったらしいのだ。

若い藩士が来て、

「一人、客が泊まることになった。雑煮だけでもつくってもらえぬか」

と、頼まれた。

内心の喜びを消して訊いた。

「わかりました。あの、おせちは？」

「うむ。適当にな」

急いで台所に行き、重箱にたっぷり詰めてあげよう。エビも卵焼きも。一年分のごちそうを食べさせてあげる。

「お屠蘇も一本おつけしますか」

「ううむ。それほどの客ではないが、いちおう離れに泊めるのだしな」

「はいっ。では、大きめのとっくりに」

いそいそと動き回った。肥えた体形に見せかけるための腹の詰め物が下がり始め、慌てて引っ張り上げたほどだった。

できたものは、下屋敷にもいる奥女中に運んでもらった。

深夜になったら、忍ぶつもりである。とはいっても、夜這《よば》うわけではない。まさか、顔を合わせるわけにはいかない。

もしも、彦馬が知ってしまったら——。

この先、わたしが密偵としてこの屋敷にいることを隠したまま、彦馬は静山と付き合うことになる。そんなこと、彦馬にできるわけがない。心がすぐに顔に出る男である。

今宵《こよい》はどうしたことか、二匹の犬もいない。静山が上屋敷のほうにつれていったのだ。これまでも離れのようすはすこしずつだが確かめておいた。

犬さえいなければ、玄関のわき、四畳半ほどの土間の壁が潜入口になる。そこには犬が出入りできるよう蝶番《ちょうつがい》になった小さな板戸がある。犬用だが、小柄な織江は頭を通すことができる。頭が通れば、くノ一は身体も抜けることができる。猫がヒゲがひっかからなければ、身体をくぐらすことができるように。

もちろん静山がいれば、かすかな気配でも察知するだろう。

だが、中にいるのは彦馬である。三味線を鳴らしながら潜入しても、あの人は気がつかない。

そっと離れに忍んだ。

犬の出入り口から入り、土間で廊下をうかがった。

廊下に唐人人形がある。

——何、あれ？

彦馬は中の座敷に寝て、どうもその人形をのぞいているらしい。

あの人形に何か変わったことが起きるのだろう。

廊下をぐるっと回った。ここは、中の座敷の周囲をぐるりと廊下が囲んでいる。板戸を外せば、縁側のようにもなる。

反対側に来れば、ロウソクの明かりも届かない。織江は身を低め、彦馬のようすをたしかめた。

すぐそばに彦馬がいる。声をかけたい。あのときと同じように抱き合いたい。

思い出したことがあった。

夜の浜辺だった。波の音は静かで、囁《ささや》くような風が吹いていた。足元では小さなカニたちがかさこそと遊び回っていた。あのときも、わたしは裸だった。なんだか、あの夏のひと月のあいだ、ずっと裸でいたような気がする。身も心もすべて捧《ささ》げつくして。

「織姫さま」

と、彦馬がふざけた口調で言ったものだった。

「なんじゃ、牛飼い」

と、織江は気取った口調で答えた。

「さすがの貫禄《かんろく》だな。織姫は天帝の娘だしな」

「そうなの？　知らなかった。だから、姫なの？」

「でも、ほんとのわたしなんか、下女の子なのに」

下忍《げにん》の子というほうが正しい。だが、下忍だなどと言っても、なんのことかわからないだろう。

「父親なんか、どこの馬の骨ともわからないし」

「そうなのか」

「そうよ」

「ああ、よかった。織江はどことなく気品があるから、ほんとはいいところの娘だったらどうしようと思ってた。ほんとの織姫さまなら、わたしは下男になるしかない」

「大丈夫よ。安心して」

すこし、眉《まゆ》でもひそめたのかもしれない。彦馬は織江の顔をうかがうようにして、

「織江のこと、海の上につれていきたいよ。そういうことはどうでもよくなるんだ。全部、つまらないことに思えてくるぞ。それまで思い悩んでいたことが」

と、言った。

「つれてって」

織江は懇願した。

「そうだよ」

「ああ。いつか必ずな」

彦馬はうなずいた。

――つれてって。

と、いまは胸のうちで言った。本当に、いつか大海原に。星が降るような夜の海に。身も心もいっしょに。

――ん？

後ろで別の物音がしていた。板戸をそっと外す音。

――しまった。

織江の身と心に緊張が走った。

遠くから酔った男たちの声がしていた。

この桜田御用屋敷内で開かれている新年の宴《うたげ》だった。雅江は出席を遠慮した。いかにも具合のよくなさそうな女が出ていたら興醒《きょうざ》めだろう。

昨年までは出ていた。だが、もうつくり笑いをする気力もなかった。体力よりも先に気力が失《う》せたのかもしれない。

玄関口で声がした。

懐かしい顔がのぞきこんでいた。

長州に潜んでいる浜路がやって来たのだ。

「雅江いる?」

「浜路」

「具合が悪いって聞いて」

「この二、三年ね」

「あんたが病にやられるなんて、夢にも思わなかった」

と、浜路は寂しげに言った。

かつて競い合った仲である。

雅江は織江とお蝶の二人を思い出してしまう。

だが、あれほど打ち解けあっていたかどうか。あの二人もともに有能なくノ一だが、競うというところは感じられない。

雅江と浜路はちがった。いつも手柄を競い合った。そのため、同じ藩に潜入させてくれと頼んだこともあった。

「織江ちゃんは?」

「どこかに入ってるんでしょ」

「しばらく会ってないけど、きれいになっただろうね」

「そりゃあ、あたしの子だもの。でも、あの年ごろなら、わたしのほうがきれいだったわね」

「うっふっふ。そうね、きれいだった。忍びの腕はわたしより劣ったけど」

と、浜路は言った。挑むような口調だった。

「まだ言うのね」

「そりゃそうよ。それより、どう、身体は？」

「もう、長いことないね」

「どれ、診《み》せてみなよ」

「いやよ」

たとえ女にも、崩れた身体は見せたくない。皮膚は張りを失い、肌は黒ずんでいる。かつての記憶が現在の自分を許さない。

「いいから。身体が崩れかけてるのは、あたしだっていっしょよ」

浜路は医術を学んでいる。女の医者という存在はないし、まず世間が認めないが、医者の真似ごとということでやる。ところが、腕がいいからすぐに信頼が集まる。

そうやって他藩の城下に潜入してきた。

瞼《まぶた》を裏返し、顔色を見、舌を出させる。身体のほうぼうに手を当て、ときには軽く叩《たた》く。

「ここ、痛くない？」

背中の右側を強く押した。

「ここは？」

「痛っ」

「別に」

一通り終えて、

「あんた、自分で腫物《はれもの》だと思ってるでしょ。これはちがう。肝ノ臓が硬くなってきてるだけ。大事にすれば、なんとか五年は持つよ」

「そんなに」

せいぜいあと半年と覚悟していた。その前に見ておかなければならないものがある。自分には叶《かな》えられなかった夢……。

「あたしの診立てが間違ったことがないのは知ってるでしょ」

「いや、今度ばかりは外れるわね」

と、雅江は自信たっぷりに言った。

三

こつこつこつ。

こつこつこつ。

唐人人形の李白が動き出していた。いまは子《ね》の刻（深夜0時）に近いかもしれない。静山の大名時計が床の間の隅にあるが、暗くて文字盤を読むことができない。

いや、動くというよりは、身体を左右に揺すっているだけだった。それにつれて、かかとが床を叩くのである。

昼間、同じことが起きても雑音にまぎれて聞こえない。深夜だからこそ、これほど響くのである。

なぜ、人形の身体が揺れるのか。

もちろん、揺れやすい構造になっている。それはこの人形をひっくり返したりするうちに明らかになるだろう。

ただ、きっかけがいる。床がいくらか揺れてくれないと、人形も揺れはじめないのだ。たとえば風で、あるいは地震で。だが、この建物は隙間風は入らないし、地震も感じない。ということは……。

――誰か来てる！

彦馬の背筋が冷たくなった。だから、この建物が揺れているのだ。

足音を忍ばせ、入ってきた者がいた。

静山が出かけたのを知っているのだ。犬がいないことも。

密偵が忍んできたのか？

すると、恐怖よりも、甘い期待がわいた。密偵は織江なのではないか。なぜか確信した。織江がすぐそばにいる気がした。

——よし。

織江をびっくりさせてやろう。

あとで振り返れば、いささか突飛な行動だった。

「見つけたぞ」

と、彦馬は立ち上がり、勢いよく障子を開けた。人形を置いたところよりも、玄関口の近くだった。

すると、いきなり殴られた。

頭がくらっときて、後ろに倒れた。めまいがして、起きようにも起き上がれない。

織江とは似ても似つかない体形の、むくつけき男の姿だった。

「人がいたのか」

そいつはそう言って、懐から何かを取り出した。

かすかな明かりの中で、刃物の刃が油でも塗っているようにぎらりと光った。

――なんともめでたい正月だ。

彦馬の胸に皮肉な感想が浮かんだ。動く人形の正体を探るため、元藩主の部屋に泊まりこみ、留守を狙って侵入した正体の知れない曲者に殺される――夢だとしても、突拍子もなさすぎる。

そのとき、あとあとまで信じられないことが起きた。彦馬の背中のほうから唐人人形の李白が歩くどころか宙を飛んできたのである。

がつっ。

侵入者の腕に当たった。人形が床に落ちると、いかにも重たげな音が夜の部屋に響いた。

「うっ」

刃物がかつんと落ちた。彦馬は目の前に落ちたそれを拾い、男に向けて突き出した。

「くそっ」

侵入者は慌てて逃げていった。

母屋のほうに行って、下屋敷詰めの藩士を起こし、侵入者があったことを報告した。若い藩士は寝呆《ねぼ》けまなこを何度かこすると、急に慌て始め、同僚たちを叩き起こした。だが、すでに逃げてしまって、いまさら急いですることもない。

こんな騒ぎがあったあとでも、彦馬は朝方もう一度、寝入ってしまった。そう長いあいだではないが、初夢も見ていた。

去年同様、おかしな初夢だった。

唐人人形が空を飛んでいた。裾《すそ》の長い水色の着物がばたばたとなびいていた。よく見ると、それは自分ではないか。うっとりと阿呆《あほう》のような顔をして、空を飛んでいる。

そこへ、すっと寄り添ってきた者がいる。

女の唐人人形。しかも、顔は織江ではないか。

「織江、捜したぞ」

と、彦馬は叫んだ。

織江は答えない。人形だから硬い顔のまま、ひたすら空を飛んでいた。

四

翌日——。
川村真一郎は、酒が残った頭を抱え、火鉢の前に座った。それから茶をすりながら、織江のことを思った。

死んだくノ一のお弓《ゆみ》が子どものころから、川村真一郎を好きだったように、川村もまた織江が好きだった。もちろん、そんなことはいままで誰にも言ったことはない。

——下忍の娘。

そう言い聞かせて、思いが燃えたぎることのないよう、自分で抑圧してきた。

最初の妻が亡くなったときから、その思いを抑えることができなくなった。いつか必ず嫁にする。そう思ってきた。

昨夜、気になったことを思い出した。新年の宴に、織江の母の雅江が出席していなかった。

お庭番は正月であっても、潜入先から抜けられないこともしばしばである。だが、雅江は屋敷にいる。

——それほど悪いのか。

雅江を見舞うことにした。

長いことお庭番のために大きな功績を残してきた。天守閣のくノ一と呼ばれた。

あの浜路もそう呼ばれたが、くノ一の腕は雅江が上回っていたと言われる。ただ、浜路のほうが手柄に対する執着が強かった。

雅江はやがて活躍する場が少なくなり、病を得て、いまはこうしてほとんど逼塞《ひっそく》しているようなありさまだった。

長屋の入り口には、小さな正月飾りが下げてある。女所帯のものにしてはつましすぎる気がした。

顔を出した川村に、

「わざわざ、ありがとうございます」

雅江は床に座って、頭を下げた。

「きのこの毒は抜けたのか？」

「はい。どうにか」

顔半分にしびれがあると聞いていた。いま、見るに、表情がひきつるようなことはない。

ずいぶん病み衰えているが、目元や細い鼻梁にかつての美貌がうかがえる。とくに目元がもっとも織江に似ていた。表情は、織江のほうがいきいきとしている。

「うむ。織江も心配しているであろう。養生するようにな」

屋敷にも下働きの者たちはいる。飯の世話くらいはその者たちを頼むことができた。

長居はせずに外に出た。織江を嫁にするときは、この母に正式に許可を得なければならないだろう。

川村の家は家禄《かろく》こそ三百石とそう高くはないが、れっきとした旗本である。真一郎はその当主である。それでも犬の子をもらうようなことをすれば、下忍たちのひそかな反発を買うものなのだ。

外に出たときに、軒下に小さな出っ張りがあるのに気づいた。

それは、以前、川村の屋敷でもよく見かけたものだった。

——もしかして。

腰をかがめ、小柄《こづか》で掘ってみた。案の定、呪文《じゅもん》の札が出てきた。「毒」という字と、梵字《ぼんじ》らしきものが書いてある。これをやった者も想像がつく。死んだお弓がしたことにちがいない。

お弓が織江を呪ったのだ。わしの妻を呪い、次に妻にしようと思っている者を呪う。

織江はそれに気づいたのだろうか。気づいたまま、お弓とともに下屋敷に潜入しようとしたのか。

——何かしたのではないか？

お弓が。あるいは織江が。くノ一同士の鍔《つば》競り合いがおこなわれたのか。お弓の死に織江が関わったのか……。

だとしたら、織江は上司にすべてを告げていない。

——どういうことだ？

川村の恋慕の気持ちに別のものが同居しはじめていた。疑惑だった。織江は何を考えているのだ。

その織江は、平戸藩の下屋敷に入ったからといって、まったく出られないわけではない。それにもかかわらず、この屋敷に報告に来ることはなくなった。

嫁になれと言ったのは早かったか。

川村真一郎は、女に対しては決して器用ではない。

——まさか。

お庭番が幕府を裏切り、敵に取り込まれてしまった例も皆無ではない。

織江の母もかつて、それを疑われたことがあった。

川村真一郎は、そっといま出てきた雅江の家を振り返った。雅江は立ち上がり、窓辺でじっとこちらを見ていた。

織江には似ていない、あまりにも静かな眼差《まなざ》しだった。

松浦静山が上屋敷から早めにもどってきて、彦馬を呼んだ。彦馬はうまい雑煮を三杯食って、腹がくちくなって横になっていたので慌てて起き上がった。

「誰かが忍び込んだらしいな」

すでに、上屋敷のほうへは報告が行ったのだ。

「わたしが動けなくなっているあいだに、逃げられてしまいました」

彦馬は頭を下げた。

「逃げたのはどこからだ？」

「玄関口です。戸板を外して、侵入してきました」

と、彦馬は情けなさそうに、外れた戸板を指差した。夜中だというのに、戸を外す音も聞こえなかったのは恥ずかしい限りである。早く気づけば、もうすこし騒ぎようもあったのだろう。

「犬に臭いを追わせてみよう」

静山は、マツとタケをけしかけるようにした。

二匹の犬は、しばらく地面の匂いを嗅《か》いだりした。

いったんは築地塀《ついじ》のあたりまで行くが、曲者《くせもの》はそこから逃げ出したらしい。

「御前。マツのほうが」

マツは向こうの下働きの連中の長屋に行った。年寄りと小太りの女が、井戸端で洗い物をしているのが見えた。

「あの長屋にでもいるのではないでしょうか？」

「うむ。おそらくちがう。下働きの者たちも、離れの掃除をしたり、火を熾《おこ》しに来たりするからな」

と、言って、マツを呼び戻した。

「それより、どうであった？　人形は？」

静山はそっちが気になるらしい。

「動きました」

「歩いたのか」

静山は顔を輝かした。

「いや、歩きはしません。身体を揺するのです。すると、かかとがこつこつと床を打ちます。人形が揺れやすくつくられているのです。建物の揺れや風でも、身体が左右に揺れます。おそらく体内に振り子のようなものがあり、音がしない工夫がされているのです。それは、さほど面倒な仕掛けではありません」

彦馬は人形を廊下に置き、軽く揺すった。人形はゆっくりと左右に動く。弥次郎《やじろ》兵衛《べえ》の動きにも似ている。

この人形があのとき宙を飛んだ。重い木像が飛ぶわけがない。そんな仕掛けはない。とすれば、あそこにもう一人、誰かがいたか、あるいは必死のうちに彦馬自身がそれを放ったのか。

だが、そんなことは、いまいくら考えてもわかるわけがない。

「それよりも面白いことがわかりました」

「なんだ？」

「翡翠《ひすい》の玉はもともと盗まれていません。おそらく、この体内に埋められています」

「なんだと」

彦馬は、李白の不自然さについて語った。

李白は翡翠を持ったことはなく、腕はあらかじめ斬られていたのではないか。奪われたというのは話だけの狂言で、そうして皇帝がこの持ち主から翡翠を取り上げようとするのを諦《あきら》めさせたのではないか——と。

「なるほど。たしかにそなたの言うとおりかもしれぬ」

静山はうなずき、

「では、翡翠はまだ中にあるというわけか」

と、にんまりした。

「おそらく」

とは言ったが、彦馬は確信している。その翡翠が中で振り子の役目を担っているのだ。

「では、千二百両という値もまんざら嘘ではないのではないか」

「あるいはもっと高値になっているかもしれません」

「あっはっは」

嬉《うれ》しげに破顔した。

大名にとっても、千二百両は大金なのか。

静山は李白の人形を持ち上げて、軽く振ってから、

「雙星。そなた、六百年隠されてきた謎を解いたではないか」

と、言った。

「だが、たしかめたわけではない」

「それは、斬ればわかる」

静山は李白の人形を下に置いた。それから彦馬を後ろに下がらせ、刀に手を添えた。

「李白はいい佇《たたず》まいじゃな」

静山はしみじみと言った。

「はい。酒杯が似合いそうで」

と、彦馬は答えた。李白酒一斗詩百篇。夜の海の上で李白と酒を酌み交わしたら、どんなに楽しいことだろう。たとえ人形といえ、できれば斬って欲しくない。

それでも静山は刀を横に払った。

「とぁっ」

上下真っ二つに割れるかと思ったが、割れない。

かわりに、歳月のため、黒くなっていた右手の斬り口が、鉋《かんな》でもかけたみたいに薄い木の皮になってはらりと剝《は》がれた。そこだけが白くなった。木の香りがしたのは気のせいかもしれない。

「なんと」

凄《すさ》まじい剣技であることは、彦馬にもわかる。

「まあ、この工夫のまま飾っておくことにしよう。全部わかってしまったらつまらぬからな」

と言って、静山は刀を鞘《さや》におさめた。

第四話　読心斎

——どうしよう。

織江は悩んでいた。手立てに苦慮して、初夢なども見たのかどうかさえ覚えていない。本当なら、二日の夜くらいは外に出て、お蝶と一杯やりたかった。待ち合わせの約束もしていたので、お蝶には待ちぼうけを食わせてしまった。

織江は江戸の正月が好きだった。にぎやかさと静かさが同居する独特の雰囲気は、地方に送り込まれたりしていると絶対に味わえないものだった。

悩みの種は、元日の夜のことである。静山がいないことを知って、辰吉が離れに忍びこんで来た。まさか、町方の手先があそこまでやるとは意外だった。いったい、何を探し出そうとしているのか。何か当たりはついているのか。

彦馬に見られた途端、辰吉は彦馬の息の根を止めようとした。岡っ引きの手先なんぞしてきただけあって、荒事にも慣れている。あの連中は、悪事をしでかした者を上回るくらい乱暴を働いてきているのだ。

咄嗟《とっさ》に唐人人形をぶつけた。そうしなければ、彦馬は間違いなく刺されていた。

彦馬は何だと思っただろう。

辰吉も、よほど迷信深くなければ、いまごろは何かを感じ取っているにちがいない。まさか、人形が宙を飛ぶわけがないのだから。じっさい、今日の昼に見かけたときは、ぼんやり考え込んでいるふうだった。

彦馬の危機は救ったが、辰吉の正体は謎のままである。あんなやつにわきでちょろちょろされると、こっちの仕事もやりにくい。

どこかに消えてもらいたい。

その方法に苦慮しているのだ。

静山も薄々は勘付いているのではないか。あるいは、はっきりするまで出方を見ているのかもしれない。なにせ肝の太い御仁である。他藩の藩主や隠居とはまるでちがう動きをしたりする。

だが、静山という人は野放図に過ぎるところもある。辰吉などまるで眼中にないこともありうる。辰吉という男はいかにも怪しいが、忍びの術を使う気配はない。

静山のような人には、逆に気づきにくいことも考えられた。

——では、どうする？

静山に言葉で伝えるのは難しい。言葉を使わず、注意を喚起することはできないものだろうか。

織江は考えた。そして、ようやく一つ、方法を思いついた。

正月三日目はとろろ飯である。

松浦静山はこれが大好きだった。

餅《もち》もうまいが、すぐに飽きる。やはり三日目くらいになると、米の飯が食いたくなる。

——この米好きはわしの欠点だな。

とも思う。海の民の子孫である。それを自負してもいる。稲作に執着する民とはちがうはずなのである。それなのに、こんなに米に執着する。

だが、一つの色に染まりきらないのが人というものなのだろう。いろんな矛盾を抱えたまま、それぞれが自分にふさわしい生き方を見つけていかなければならない。

玉子を入れ、だし汁とともに山芋の粘りをいくらか和らげる。誰が始めたか知らないが、贅沢《ぜいたく》でうまい食い方である。

少なめの飯にかけ、さっとかきまぜて、すすりこむ。

——ん？

静山の箸《はし》が止まった。

一

正月三日の江戸の町。昼下がりである。

元日、二日と、雲の多い天気だったが、三日目は快晴となった。やはり正月には快晴がふさわしい。気持ちが晴々とする。いいことがありそうに思える。

雙星彦馬は、松浦静山といっしょにいた。

静山は西海屋に顔を出し、ここからにぎわう町にくり出すことにしたのだった。お供は三人。西海屋千右衛門と彦馬、さらに同心の原田朔之助まで加わった。

静山と原田は、千右衛門を通して以前から顔見知りだった。町方の同心も、藩士と町人たちとの揉《も》めごとに対処するため、大名屋敷と付き合いがある者は少なくないという。もっとも、彦馬が見るに、原田が平戸藩の役に立つことはあまりないような気がする。

「どこへ行こうか」

と、静山が三人を見回した。行く先は決めていない。

「どこへなりと」

千右衛門が笑顔で答えた。

「参詣《さんけい》がてら、浅草寺にするか」

静山は先に立ち、懐手のまま、歩き出した。

見上げる空には、凧《たこ》が数え切れないほど上がっている。彦馬の教え子たちも、凧揚げに夢中になっているだろう。

佐久間河岸から浅草までは遠くない。のんびり歩いても半刻《はんとき》はかからない。

浅草界隈《かいわい》は凄《すさ》まじいほどの混雑だった。

仲見世《なかみせ》は、歩くのもままならないほどである。

彦馬が浅草に来るのは初めてではない。三度目になるはずである。前に来たときはここまで混雑はしていなかった。人も多ければ、音も匂いも多い。だが、前よりもうまそうな匂いが漂っているような気がする。

「そなたたち、スリに気をつけろよ。今日は出てるぞ。あそこにも、ほら、そこにも」

と、静山は周りを見ながら言った。冗談なのか、本当にスリの気配を察知しているのかはわからない。

だが、静山に言われて、皆、慌てて巾着《きんちゃく》を握った。原田までそうするのはおかしい気がしたが、同心が掏《す》られたりしたら示しがつかないだろう。

「今日は同心の格好で来たほうがよかったな」

と、原田は言った。

着流しに黒羽織、十手を差していれば、町方の同心とは一目でわかる。同心さまなら、スリにも狙われないし、皆、さりげなく道をあけてくれる。

原田はやたらと威張り散らす男ではないが、どうもこういうときは役人風を吹かせたくなるらしい。

そんな原田の気持ちを察したらしく、

「原田。同心は人混みで揉まれないと、一人前にはなれぬぞ」

と、静山は言った。

「はっ」

原田はかしこまったように頭をかいた。

それは静山がたびたび言うことである。

世の中を見るには、やはり肌で触れなければ駄目だ。密偵の報告や書物でわかったような気になっても、自分がどう関わるべきかが見えてこない——と。

奥山まで来た。浅草寺裏手のこの奥山と呼ばれる一画と、両国橋の西詰めが、江戸の盛り場の双璧《そうへき》である。

いろんな店が出ている。

怪しげな店も多い。原田がつい足を止めるのも、その手の店である。

矢場では思わずふらふらっと入りそうになった。中では若い娘が笑顔で首を横に傾けた。

「おい、原田」

と、彦馬は袖《そで》を引いた。

「おう。つい入ってしまうところだった。おいらは嫁をもらうまではあれが好きでな。毎日、通っていたときもある」

「そんなに面白いのか?」

「面白いなんてものじゃない。おいらは吉原《よしわら》より面白い」

「あれがか」

彦馬は入ったことがない。子どもの遊びにしか見えない。

「やみつきになるぞ」

「ふうむ」

否定はしなかったが、たぶんならない。それどころではない。

大道芸人も多い。皿回し、樽回し、角兵衛獅子、太神楽などはおなじみである。めずらしい芸人がいた。いや、芸人なのかどうかわからない。

三国志の英雄のような髭《ひげ》を生やした、六尺もありそうな大男が、

「わしがいま評判の読心斎《どくしんさい》であるぞ」

と、声を張り上げている。

静山たちの隣りで、

「ああ。見た、見た。瓦版《かわらばん》に載ってたな」

と、うわさをしている。その、読心斎が載ったという瓦版も、わきに置いた小さな看板に貼り付けてある。ほかに、大きな文字で、

「そなたの心を読む。負ければ、賭《か》け金と同額を進呈」

と、書いてあった。

周囲にいる者はそう多くない。うさん臭いやつにつかまるのは嫌だが、興味がないわけではない。そんな感じで、遠巻きに四、五人が眺めていた。

「ほう。心が読めるのか」

静山が感心した声で言った。

「そういえば、御前……」

彦馬は思い出した。読心について、『甲子夜話』に書いていた。

赤穂《あこう》浪士たちに兵学を教えたことで知られる江戸前期の兵学者、山鹿素行《やまがそこう》の話である。まだ甚五右衛門と称していた若いころに、人の心を読むと評判の僧を訪ねたことがあった。

僧は山鹿と会うことをかたくなに拒んだが結局会うこととなり、いざ対面すると、

この僧はいつもとちがい心を読んで話すことはしなかった。

山鹿は自分の心の中を一言でも漏らせばこの僧を斬ってしまおうと考えていたのだが、僧はその考えを知り何も言わずにいたのだという。

「雙星。あの話について、何か異論がありそうだな」

と、静山は彦馬を見た。

「ええ。だが、すでに書かれてしまったことですので」

遠慮している。

「別にかまわぬぞ。わしだって正しいことだけを書いているなどと、だいそれた気持ちでいるわけではない。こういう面白い話があった。まったくのつくり話ではなさそうである。そういうものを取り上げているだけだ。解釈は読んだ者や後世にゆだねている」

「ええ。御前のお考えはわかります。ただ、もうすこし確信が得られましたら」

と、返事を濁した。

なにせ不思議な能力のことである。うかつな結論は出せない。

静山たち四人が、読心斎の前に立つと、野次馬も安心したように集まり出し、小さな人垣ができてきた。

二

読心斎の前には易者が使うような台が置いてある。飯を食うときの箱膳《はこぜん》を一回り大きくしたくらいのものである。ただ、脚はもっと長い。とくに布がかけているわけではない。どこからも丸見えである。

客のほうにも腰掛けがあるが、いまは誰も座っていない。

客が集まり出すと、それまで立っていた読心斎は腰掛けにどかりと座って、周囲を一通り見回した。

歳のころは、四十前後といったあたりか。

黒目がちの、大きな目をしている。いかにも人の心を見透かすぞと言わんばかりである。

だが、鋭くはない。どこか、人の良さも感じさせる。

台の上には、碁石を二回りほど大きくしたくらいの白黒の石が載っている。客側に白と黒が一個ずつ。読心斎の前にも、白と黒が一個ずつ。

もう一つ、台の上には大きめの皮の袋がある。

読心斎は、ゆっくりした動きでこれらを示しながら、

「さて、お客さまはこの白黒の石のどちらかを選んでもらう。誰にも見えないように、その皮の袋の中で決めてもらい、決めたほうを手の中に握ってもらう。いらないほうの石を入れた袋は、わしがあずかり、こうして皆の見えるところに挙げておこう。それから、わしがお客さまの心を読み、この石からどちらかを選ぶ。ぴたり一致したら、賭け金はわしがもらう。むろん、はずれたらわしが同額を進呈する」

そう言って、巾着をがちゃがちゃいわせた。ちゃんと金はあるから安心しろというしぐさだろう。

いちばん前にいた赤い顔をした三十くらいの職人風の男が、

「賭け金はいくらでぇ?」

と、訊《き》いた。

この手の男は、たいがい仲間のサクラだったりする。見物人もそうではないかという疑惑の目を向けている。

だが、彦馬にはほんとにただの酔っ払いのように見えた。

「何文賭けてもらってもいいのだが、小僧の飴《あめ》代稼ぎじゃないのだから、二十文の上とさせていただく。しかも、この手の勝負はもう一回、もう一回と、きりがなくなったりする。わしも同じ人間の心など、何度ものぞきたくはない。なにせ、嫌なことまでのぞいてしまうのでな。この前なんぞは女の乳のことしか考えていない若い男が来て、まいってしまった……」

と、情けない顔で笑わせ、

「したがって、勝負はただ一度。よろしいな」

きっぱりと言った。

職人風の男は、もつれた口調で、

「やってやろうじゃねえか」

「そう来なければ」

「じゃあ、ほら、二十文だ」

と、小銭を巾着から出して、台の上に置いた。

「では、白か黒か決めてくれ。誰にも見られぬようにな」

「ああ」

職人風の男は、周りを疑うように見回し、袋の中に白黒の石を入れた。

顔を近づけ、石をつかみながら、どっちにしようか迷っているらしい。

読心斎は、そんなようすを面白そうに眺めながら、

「なにせ、この手のサギはたいがい仲間がどこかでこの人の手元をのぞきこみ、それで合図を送って寄こす」

「そうなのか」

と、周りの野次馬がうなずいた。

「だが、わしはそんなインチキはせぬぞ。だいたい皮の袋の中はどうやってものぞきようがない。さ、決まったらぎゅっと握ってくれ」

「うん。握った」

職人風の男が、顔を上げて言った。

「では、袋のほうは寄こしてくれ。これはむしろお客のインチキを防ぐためでな。ほら、こうして上にあげておくぞ」

読心斎は皮の袋を左手に持ち、頭上に掲げるようにした。袋は破れているところもなければ、透けているようすもない。

「では、わしがこのお人の心を読むぞ」

そう言って、読心斎はじっと客の顔を見つめた。手が自分の前の白い石と黒い石のあいだを行ったり来たりした。

「ふむふむ」

職人風の男はもじもじしてくる。

「なんでえ」

「わかったぞ」

読心斎はにやりと笑った。

「え……」

「あんたの腹は黒いが、選んだのは白だ」

と、読心斎は、白い石をつかみ、客の前で手のひらを開いた。

「ううう」

客は唸《うな》り、悔しげに手を開くと、白い石があった。

「おおっ」

と、周囲の客がどよめいた。

「くそぉ」

職人風の男は舌打ちし、ふらつく足取りで本堂のほうへもどっていく。

人だかりが、しばらく静かになる。何人かは、自分もやってみようかと迷っているように見える。

「あやつ、ほんとに心を読んでいるのかな？」

千右衛門は信じやすい。

「でなければ金はかけられぬさ」

と、原田も信じたらしい。

「雙星は信じておらぬようだぞ」

静山は彦馬の顔を見て笑った。

「そりゃあそうでしょう」

彦馬は子どもが凧《たこ》揚げの場所を死守しようとするような顔で言った。

手妻（手品）かもしれないではないか。

平戸にいたときも神社の祭礼で手妻を見たことがある。泥でつくったサナギがチョウになり、ひらひらと宙を舞った。

田舎の神社にもそれくらいの手妻師はいるのだ。ここは生き馬の目も抜くという江戸である。どんな仕掛けが隠されているか、わかったものではない。

「あたしがやってみるよ」

と、二十七、八、大年増《おおどしま》の女が手を挙げた。なかなか色っぽい。この界隈《かいわい》の飲み屋のお姐《ねえ》さんといったところか。

「おっ、きれいな姐さんの心は読み甲斐《がい》もあるってもんだ」

「あたしゃ、二十文なんてケチなことは言わない。三十文で勝負だ」

と、息巻いた。

野次馬は興味津々で目が離せなくなっている。

「次はそっちから眺めるか」

静山が顎《あご》をしゃくった。

読心斎のすぐ横に水茶屋が出ている。横からだと、ますます手口ははっきり見えそうである。四人で座ってじっくり眺めることにした。

「石はあの四つだけだよな」

と、原田が言った。

「どう見てもそうだな」

彦馬はうなずいた。

読心斎の手はつねに見えるところにある。懐に入れたりもしない。

「ちゃんと、客に選ばせているしな……」

選んだつもりで、じつは巧みに選ばされているなんてこともあるかもしれない。

「皮袋はどうだ？　インチキ臭くないか？」

と、千右衛門が言った。

「穴があいているようでもないな」

彦馬は皮袋に仕掛けはないと思った。

今度の姐さんは、さんざん迷ったあげく、

「こっちでいいや」

と、叫んだ。

もちろん、見物人はどっちを選んだのかはわからない。

「ふっふっふ」

読心斎は笑った。

「なんだい、やなおっさんだね」

「姐さん、意外に心はわかりやすいな」

「なんだって？」

「こっちだろ」

と、黒の石をつかんだ。

「あら、まあ、なんだってんだい」

姐さんが手を広げると、やはり黒い石が載っていた。黒い石は脂と汗でぴかぴか光っていた。

これで読心斎は、たちまち五十文を儲《もう》けた。この分でいけば、たいそうな稼ぎになるが、しかし、こう次から次に客があるのは正月だからだろう。

「やはり、あそこでやってみないとわからぬだろう」

と、静山が言った。

「千右衛門、やれよ」

原田が突いた。

「いや、わたしは見抜けないよ。雙星、おぬしが行け」

「わたしはいいよ」

じつは手元不如意である。大晦日《おおみそか》に米屋と炭屋の支払いを済ませたら、巾着《きんちゃく》には十文しかない。明日から手習いが正式に始まり、給金ももらえる。それまでは我慢しなければならない。

すぐに千右衛門が察して、巾着から二十文を取り出した。

「わたしの替わりに頼むよ」

「ああ」

興味は大いにある。千右衛門の厚意を受けることにした。

「では、わたしが」

彦馬が前に座ると、読心斎は彦馬はじいっと見て、顔をしかめた。

「なにか？」

「いや、読みにくそうな男が来たと思ってな」

「ははは。それほどのものでは」

彦馬は皮袋の中に手を入れ、自分で選んだふりをしながら、適当に一つを握った。どっちを握ったのか、自分でもわからない。それよりも、読心斎の一挙手一投足を見守るほうが大事だった。

「やっぱり読みにくいのう」

と、読心斎は顔をしかめた。

「こっちか？」

黒の石をつかんだ。

彦馬は手を広げた。つかんでいたのは白の石だった。

「くそぉ」

読心斎がひどく悔しげな顔をした。

次の客は子どもだった。親からもらったお年玉らしい二十文を握り締め、読心斎の前に座った。こういう勝負だと、見物人は皆、子どもの肩を持つ。読心斎も勝てば何を言われるかわからないと、気が乗らない顔をしている。

幸い、子どもは勝ち、お年玉を倍に増やした。

どうやら、必ず勝つわけではないらしい。

すると、最初の客よりさらに酔った町人が来た。歳は五十くらい。禿《は》げた頭が真っ赤に光っている。身なりは悪くない。羽振りのいい大工の棟梁《とうりょう》といったところか。

「一両賭《か》けるぜ」

と、棟梁風の男が、煙ったような声でいきなり言った。

「一両……」

読心斎もさすがにぎょっとした。ひと月はゆうに暮らせる。彦馬なら三月でも食える。

いきなりの大勝負である。

見物人は固唾《かたず》を呑《の》んで見守る。

「白だ」

読心斎が言った。

「へへ、黒だぜ」

棟梁風のおやじが笑った。

「おおっ」

と見物人がどよめいた。

読心斎が大勝負に負けたのである。

「うぉお、何ということだ」

頭をかきむしり、がっくり肩を落とした。大男がしょぼんとすると、哀れでもあり、滑稽《こっけい》でもある。

これを見ていた静山が、我慢しきれなくなったというふうに立ち上がった。静山がもしも町人だったら、けっこう賭場《とば》通いする口ではないかと思わせるほど、目が輝いている。

「わしも一両でいくぞ」

「うぉおおっ」

見物人がまた、目を瞠《みは》った。

読心斎の顔つきも変わっている。もはや、余裕はない。

静山は迷わない。さっとつかみ、読心斎を睨《にら》んだ。

どっちをつかんだかはわからない。

「御前は黒さ」

と、彦馬がつぶやいた。

読心斎も負けじと静山を睨み返し、黒を握った。静山は苦笑いして手を開いた。

やはり、黒い石があった。

今度は読心斎もホッとしたらしく、大きく息を吐き出した。

「どうだ、雙星？」

と、もどってきた静山が訊《き》いた。

「ええ。だいたいのところはわかりました」

「ほんとか」

千右衛門と原田は驚いて彦馬を見た。

三

「手妻ではないですね」

と、彦馬は言った。それは自信がある。手の動きなどをじっくり見たが、小細工は何もしなかった。

「では、やはり心を読むのか？」

と、静山が遠い目をして訊いた。

「そういうところもあります」

「あいつ、天狗《てんぐ》か」

原田が怯《おび》えたような目で読心斎を見た。

「心を読むといっても、本当に心の中をのぞきこんでいるわけではないはずです。表情など、表面に現われるところから、奥の心を憶測しているのです。その、憶測の手がかりがあるわけです」

「ふむ」

と、静山はうなずいた。

「あの男はさっきも一度、負けましたが、全部、勝たなくてもいいのです。たとえば十人と勝負するとします。五分五分だと儲けはありませんが、六割ならいい。賭け金の多寡にもよりますが、全部、二十文だとすると、六割勝てば四十文が儲けになります。それで充分なのです。あとは、賭ける人の数が増えればいいわけです」

「なるほどな」

読心斎の前にいまや客が五人ほど列をつくっている。二つの大勝負が呼び水になったらしい。

それを、見ながら、

「確実に六割勝つために、あの男はいろんなことをしているのです」

と、彦馬は言った。

「いろんなこと？」

「石を黒と白にしたのもその一つです。あの石が、白と紅だったら、客が選ぶのも五分五分になるかもしれません。だが、白と黒だと、割合はわかりませんが、おそらく白を選ぶ者のほうが多くなるはずです」

「そうだな。白のほうが勝てる気がするな。相撲の星も白が勝ちで黒が負けだからな」

と、千右衛門がうなずいた。

「さらに、客がどちらかを選んだあと、読心斎は自分の前の白と黒の石に手を当てるようにして、客の顔色をうかがっていました。おそらく、客は自分が選んだほうの石からは、つい目を逸《そ》らしたりするのではないでしょうか？」

「たしかに、あやつはわしの顔をじっくり見ていたな」

と、静山は言った。

「そのあたりは、経験ものを言うのでしょう」

「仲間はおらぬのか？　あの手の連中は必ず使うだろう」

と、静山が言った。

「サクラですね。もちろん、使っています。御前の前に一両賭けた男。あやつは間違いなくサクラです」

「なるほど、あやつが景気づけたわけか。乗ったわしも愚かよのう」

「まだ、いましたよ。わたしのときもいましたし、御前のときもいましたが、読心斎の後ろを黒い着物を着た男が、しょんぼりして通り過ぎたのに気がつきませんでしたか」

「うむ。そう言われてみると、いたな。ずいぶんぼろぼろになった黒い着物を着た男が」

「ああいうやつを見ると、それが、なんだか縁起がよくないような気にさせてしまう。つまり、はっきり意識しないうちに黒は避けてしまうのです」

「すると、読心斎はただ白に賭けつづけていても、六割くらいの勝ちは得られそうではないか」

「たぶん、そうなっていると思います」

彦馬がうなずくと、

「くそ。うまい商売を見つけやがったもんだ」

　原田は同心らしからぬ感想を言った。

「それと、これは御前に当てはまったのではないかと思うのですが、天邪鬼《あまのじやく》のところがあって、いかにも気が強そうな人というのは逆に黒を選ぶように思います」

「わしは最初から、白を選ぼうなんて気はまるでなかったからな」

「そこを読まれたわけですね」

「悔しいのう」

　静山は憮然《ぶぜん》としている。

「また、あの芝居っけもたいしたものです」

「芝居なんかしてたか？」

　と、千右衛門が訊いた。

「ほら。負けたときのようす。情けない顔で肩を落として。いかにも負けたという顔をしただろ。あれなら勝ったほうは気分もよくなるだろう。あれで、周りで見ている者にも、よし、おれもという気にさせるのさ」

「なかなか考えてるなあ」

　千右衛門が感心した口調で言った。だが、いくら感心しても、堅気の商人が使えるようなわざではなさそうである。

「ただ、いままでのはあくまでも推測です。当たっているかどうかは、あやつに確かめなければなりませんが、まず本当のことは言わないでしょう」

「言うわけがないわな」

と、原田が鼻で笑った。

「では、待乳山《まっちやま》のほうにでも回りますか」

千右衛門が立ち上がりかけると、

「ん、待て」

静山がかすかに眉《まゆ》をひそめるようにした。

四

「御前、どうなさいました？」

千右衛門も静山の表情の変化を感じ取って訊いた。

「殺気だ」

「殺気……？」

彦馬なんぞはさっぱりわからない。表情に強い怒りが現われていれば、殺気かと思うこともあるかもしれない。だが、いわゆる殺気は、あたりの雰囲気の中に漠然と漂うものらしい。

「そういえば……」

と、原田だけはすこし感じているらしい。

静山がなにげない表情のままで言った。

「そちらを見るなよ。読心斎の斜め左あたりだ。絣《かすり》の着物に綿入れを着た三十くらいの男がいるだろう。やつが発している殺気だ」

彦馬もさりげなく眺めた。

この男は、読心斎をじっと睨んでいた。

武士である。月代《さかやき》をきれいに剃《そ》り、着ているものは上質で、垢《あか》じみたりもしていない。小柄だが俊敏そうである。ひどく緊張している感じはあるが、静山に教えられなければ、熱心に見入っているとしか思わなかっただろう。

「あやつ、何かしでかすぞ」

「おまかせを」

と、原田が男に近づいた。

「原田で大丈夫かな」

「原田はかなりの遣い手ですが」

と、千右衛門が言った。

彦馬もうなずいた。原田の立ち回りは一度だけ目撃している。

「いや、やつはかなりできるぞ」

と、静山がつぶやいた。

原田は男のすぐ左横に立った。

ぼんやりした表情で、いかにも寝正月に飽きてふらふら盛り場に出てきたといったふうにも見える。緊張していないのは、原田が腕に自信があるからだろう。

だが、男は隣りに来た原田を睨んだ。

男は何か言った。言葉は聞こえない。おそらく「なんだ、そのほうは?」というようなことを言ったのではないか。

原田の声は聞こえた。

「ここは庶民がのんびり楽しむ場。くだらぬことはなさらぬよう」

原田は着流しだが、茶色の羽織で、同心姿ではない。それでも、役人の雰囲気は滲《にじ》み出ている。

「やかましい」

男はそう言って、刀に手をかけた。

同時に、原田もその男の刀の柄《つか》に手をかけた。これで、相手は抜くことができない。そうするために、原田も左側に立ったのだろう。

ところが、男はすばやい動きで、くるりと右に回転した。柄を握っていた原田は前のめりに引っ張られ、足を泳がせた。

――斬られる……。

と、彦馬は背筋を寒くした。

だが、原田もこのままでは体勢が崩れることを察知し、柄から手を離して、前方に大きく飛んだ。

飛びながら刀を抜き放った。

「きゃあ」

悲鳴が上がった。晴れ着姿の娘が、逃げる途中で転び、這《は》いながら遠ざかっていった。

男も刀を抜き、ためらいもなく原田に迫った。

青眼から、身体をくねらすようにして、原田の手首を狙う。原田はこれを上から叩《たた》き、踏み込んで肩を斬ろうとする。

だが、原田の刀は撥《は》ね上げられた。

「うっ」

原田の顔から余裕は消えている。

男は小柄だが、腕力もあり、なにより動きが俊敏である。

野次馬の中から、

「あいつ、義経か」

という声が上がったほどだった。

「狂気の剣だな」

静山が言った。

「身を守るための動きがない。あらゆる動きが攻撃にまわっている。あれは手こずるわさ」

男はさらに攻める。低い位置から剣が伸びて、原田の小手を襲う。原田は防戦一方になっている。

下がる際、原田の足がもつれた。

と、静山の手から丸いものが飛んだ。いままで茶をすすっていた茶碗《ちゃわん》を投げたのである。

茶碗は男の顔を襲ったが、斜めから飛来したそれをすばやく叩き落とした。

「おのれ」

男がこっちを睨んだ。まさしく狂気の形相だった。これなら彦馬も殺気を感じることができる。

「問答は無用らしいな」

静山は縁台から立ち、男と向き合った。

しかし、刀は抜かない。それほど嗜《たしな》むわけではないが、いつも持っている煙管《きせる》を手にしているだけである。

煙管は青眼の構えで、ぴたりと男の眉間《みけん》に向けられている。

「抜け」

「いや、これでいいだろう」

「愚弄《ぐろう》するか」

「愚弄はせぬ。狂気の剣を哀れんではおるが」

「ぐぁあああ」

悲鳴のような声を上げ、静山に向かって突いてきた。あいだは二間ほど。これをいっきに詰めてくる。凄《すさ》まじい突きである。

静山は微動だにせず、この突きを引き寄せ、切っ先を煙管の先で横に払うようにした。

かちん。

と、音がして、火花が飛んだ。

そのとき、静山の身体は踊るようにひるがえり、男の右をすりぬけた。羽衣が風に飛ばされてふわりと過《よ》ぎったようにも見えた。

「ううう」

男が目を押さえ、立ち尽くしている。

すりぬけるとき、煙管で男の眉間を叩いていた。そう強くはないが、だが、ここを打たれると目を開けていられない。

「あああ」

悲鳴を上げながら刀を振り回すが、野次馬も読心斎も、すでに男から遠く離れ、丸く囲んでいる。男はその円の中で、みじめな舞踊をつづけている。

「清十郎《せいじゅうろう》さま」

駆け込んできた武士がいた。

「お気を確かに。落ち着きなさって。薬を、薬を」

と、叫んだ。印籠から丸薬を取り出し、口にふくませようとする。こうした発作はしばしばあったのだろう。

「あやつ、贋物《にせもの》だぞ」

と、清十郎と呼ばれた男は叫んだ。「あやつ」とは、読心斎を指しているらしい。

「あやつが本当に心を読むなら、わしが殺そうとしているのに気づき、逃げ出すはずではないか。あやつは心など読めるわけがない。みな、嘘っぱちだぞ」

と、喚《わめ》いた。

「そうです、そうです。贋物です」

「斬るべきだ、あのような者は」

「それはいずれ。さ、帰りますぞ」

武士は清十郎をつれていこうとする。

だが、原田が近づいて言った。

「お待ちを。みどもは町方の者ですが、このような町人が大勢集まるところでの乱暴なふるまい。決して見過ごしにはできませぬぞ」

「それはそうだろうが、当家は旗本だぞ」

「お旗本ならなおさらのこと。江戸の治安を先頭に立って守るべきお方が、このようなふるまいをなさってよろしいのか」

二人のやりとりを聞いていたさっきの男が、

「やかましい。木っ端役人。わしは旗本北村《きたむら》多聞《たもん》が一子、清十郎だ」

と、名乗った。

「お名前、うかがいました。のちほど、目付衆のほうからお訊《たず》ねがございましょう」

原田はそう言って、家臣らしき男にうなずいた。

北村清十郎らが去ると、遠巻きに囲んだ円は小さくなり、ふたたび人の流れができはじめた。

読心斎もこれまでの騒ぎを呆然《ぼうぜん》と眺めていた。

「読心斎。あんた、ほんとに人の心を読むのか？」

と、原田は咎《とが》めるように言った。

「もちろんだ」

「だが、あの北村清十郎の心は読めなかったではないか」

だが、読心斎は何食わぬ顔でこう言ったのである。

「なあに、わしはそちらの方が助けてくれるつもりだというのをちゃんと読んでいたのさ。あっはっは」

五

騒ぎがおさまったあと、静山は、

「ちと、訊ねたいことがあってな……」

と、読心斎をそば屋へ誘った。

「本来なら、こっちが礼をせねばならぬのだが」

読心斎は恐縮して言った。

「わしの一両も奪ったしな」

「奪ったなどと人聞きの悪い」

「なに、冗談だ。気にせず、付き合ってくれ」

読心斎も命を救ってくれた人の誘いを断わるわけにはいかない。

風神雷神の門の近くにあったそば屋の座敷に静山、彦馬、千右衛門、原田、そして読心斎が座った。読心斎も居心地は悪そうである。

「じつはな、この者がそなたの読心術について推測したのさ。雙星、そなたのほうから申せ……」

彦馬はうなずき、さっきの推測を語った。

紅白ではなく黒白であること。

後ろを歩く黒い着物の男のこと。

六割勝てばいいことなど……。

読心斎は、聞き終えると、

「もしや、ご同業か？」

と、気味が悪そうに言った。

「とおっしゃるには当たったかのかな」

「まさに」

読心斎の返事に、彦馬はもちろん、静山たちも嬉《うれ》しそうに笑った。

さらに、静山は『甲子夜話』の記事についても意見を求めてみた。

読心斎の解釈はこうだった。

「おそらく、山鹿素行はその坊さんのところに行く前にずいぶんと憤慨していたのでしょうな。さっきの北村清十郎もそうでしたが、特別な力というのをひどく怖がり、排除したいと思う気持ちが強い人がいるのです。山鹿素行にもそうしたところはあったのでしょう。だから、『そんな妖怪《ようかい》みたいな坊主をこの世にのさばらせておくのは危険だ。もし、本当のことなら成敗してくれよう』と、友人にも息巻いたりしたのです」

「なるほど」

と、静山はうなずいた。

彦馬にも同じような気持ちはある。心を読むなどという力がやたらにあったりしたら堪《たま》らない。ただ、それを成敗しようなどという気にはならないだろう。

「だが、友人というのはこの坊主の知り合いだったのでしょう。山鹿が出かけるや、先回りして、これこれこういうやつが来る、斬られるから、心を読んだようなことはおっしゃらぬようにと、急いで忠告した。だから、坊主は山鹿と対面したときも、それらしいことを言わなかったのです」

と、読心斎は自信たっぷりに言った。彦馬も同じようなことを考えていたのだ。

「では、その坊主の、人の心を読むという話は？」

静山が訊《き》いた。

「嘘に決まってます。せいぜい、優れた洞察力くらいの持ち主だったのでしょう。そこのお若いのと同じ程度の」

と、彦馬を指差し、

「だいたい、人の心を読めるやつが、人の心を読めるなどとは言いませんよ。わたしをのぞいてはね。あっはっは」

読心斎は赤い顔で笑った。

酒が好きらしい。静山が一人につき銚子《ちょうし》一本ずつ頼んでくれたが、自分の分はたちまち飲み干し、彦馬の分をしらばくれて注いでいる。

だいぶ機嫌がよくなったのか、このあと読心斎は驚くべきことを告げたのである。

「あとは、この手の商いの正直なところを言うとな、いかに仲間を大勢くり出すかなのです。これは面白い、これは本物だ、そういう機運をあの場につくってしまえば、あとはどんどん客も増える。あんたたちがあそこに来てから、あんたとこちらのご老人が勝負をするまで、子どもも入れて四人の客が勝負しただろ。あれも皆、仲間だ」

「え……」

これには静山以下、唖然《あぜん》となった。

すると、本当の客は、彦馬と静山だけということになる。

「ご老人のあとから並びはじめた客からが本物の客なのさ。わしはあそこから、さっき推察されたように、六割、まあ七割は勝てるのだが、そういう勝負をしていくのさ」

「そうであったか」

静山は衝撃を受けたらしい。

それはそうで、まるっきり騙《だま》されたことになる。

彦馬もそうである。裾《すそ》野の秘密くらいは読めたが、頂上の謎は解けなかった。

「そんなにがっかりなさるな。お二人だけが騙されやすいのではない。人の心というのはそういうものなのだから」

読心斎に慰められ、静山は悔しそうにこう言った。

「まったく、あんたはほんとに人の心を読む男だよ」

その夜——。

平戸藩下屋敷の下働きの者たちがいる一角は、すでに静まり返っていた。

皆、一日の仕事も終わり、炭火の小さな明かりの前で、何をするでもなく疲れた身体を休めている。

織江だけはそれほど暢気《のんき》には暮らせない。忍びの者がおこなう独特の訓練を自らに課している。全身の筋を伸ばし、手足の力が衰えないよう力をこめたりする。これは毎日、どんなことがあっても怠らない。疲れたから今宵《こよい》はいいかとこれを怠るようになれば、わざはたちまち鈍化する。

ふと、母屋のほうから足音が近づいてきた。

あるじの松浦静山が、下男たちの長屋がある一角に現われた。

「お里はおるか」

「はい。まあ、御前さま」

お里は驚き、土間に膝《ひざ》をつけた。

「よい、そのようなことをせずとも。それより、ちと訊きたいことがあってな」

「なんでしょうか？」

「そなた、何か悩みごとか、心配ごとがあるのではないか？」

「いえ、そんな……どうしてでございましょう？」

「今朝の飯がな、そなたらしくなかった」

「まあ……」

織江は驚き、俯《うつむ》いた。

「あるな」

「いえ」

「言いにくいことか」

「………」

「何だろうな」

静山は首をかしげた。

「ご勘弁を」

消え入るような声で織江は言った。

「元日の夜に、わしの離れに曲者《くせもの》が侵入したのは知っているな」

織江はぎくりとした。

「ふうむ。見たのか、その者を」

「………」

「知っている者なのだな。だが、怖くて言えぬと。なるほど」

下働きとして働くのは四人だけである。元板前の七十過ぎの爺《じい》さん、外回りの掃除をする辰吉と、年が明けて十五になった小娘。お里が怖がるのは、爺さんでも小娘でもない。

である。

「心配はいらぬぞ」

静山はそう言って、外に出た。

織江は一言も辰吉のことを話していない。だが、すべて静山は察してくれたので

静山はそれから前の長屋に入った。

火鉢の前で手足をさすっていた辰吉が、静山を見て、ぎょっとして這《は》いつくばった。

「そなた、ちと、着物を脱いでみてくれぬか」

「え」

「着物を脱いで、腕のあたりを見せてくれ」

有無を言わさない。

辰吉はこのところますます静山の物真似をしているが、やはり迫力が違う。

気圧《けお》されながら、着物を脱いだ。

「ほう。右腕の付け根あたりに痣《あざ》ができているな」

静山は今日になって彦馬から聞いていた。刺されそうになったとき、曲者の手に李白の人形がぶつかったと。すぐに伝えなかったのは、自分で見たものが信じられなかったのだろう。彦馬はもう一人誰かいたのかもしれないと言ったが、おそらく

火事場の馬鹿力で自分で投げつけたのだろう。

「こ、これは子どものころに……」

「いや、違うな。できたばかりの打ち身だ。まだ、赤い。これから青くなる」

「うっ」

静山はすっと刀を抜いた。腕前は辰吉も充分に知っている。女の刺客が篠竹《しのだけ》一本でしりぞけられたのも見た。

「ひっ」

「そなた、密偵であるか」

「そんな。あっしは、前にここで飯炊きをしていた婆《ばあ》さんの遠縁の者でして」

「嘘じゃ、それは。わしはあの婆さんから、身寄りの者はいないと聞いているのだ。だったら、なおさらここにいるように誘った。だが、あの婆さんは自分が埋められることになっている寺に、長年、寄進をつづけてきた。そこに入ると言っておったぞ」

「その寺で知り合って……」

「もうよい。吐かぬか」

と、静山は刃を辰吉の鼻先に近づけた。

「あわわわ」

「わしは拷問などは好まぬ。言う気がないか」

「言いようがないので」

と、震える声で、精一杯、意地を張った。

「ならば、吐きたくなるまで、炭小屋にでも入っておれ」


だが、辰吉は結局、元日の夜に忍び込んだのは自分だと白状することはなかったのである。


この三日後――。

意外な男が静山の下屋敷を訪ねてきた。

「わたしは、千代田のお城の中奥に勤めております鳥居耀蔵《とりいようぞう》と申す者……」

静かな口調だが、遠慮や羞恥心《しゅうちしん》はまるで感じられない。もしも人形が口を利けば、こんな口調になるのではないか。

「おう、林述斎《はやしじゅつさい》どののご子息か」

父には似ていない。父も謹厳な学者ではあるが、ここまで堅苦しい表情はしていない。倨傲《きょごう》の気配もある。異物や異端を絶対に認めないのも、このような人間である。

「はい。じつは、こちらにわたしの知り合いで辰吉と申す者が、監禁の憂き目に遭っているのではないかと案じておりまして」

「監禁となおとな」

「はい。あの者は中奥からの重要な任務を帯びておりまして、ぜひともおもどしいただきたいと存じます」

中奥は、将軍が日常を過ごす場所である。大奥と、執務を取る表のあいだにあって、女はいない。雑用は茶坊主などがする。

中奥の任務と言ったが、鳥居が自分だけの意思で密偵を動かすこともあるだろう。だが、なにせ将軍のそばにいる。いまはまだ若輩者ではあっても、この先、なにを囁《ささや》かれるか、わかったものではない。

「さようか」

このまま放免しても不都合はない。

どうせ、何もたいしたものは得ていないのは明らかだった。

それでも、こうぬけぬけと現われると呆気《あっけ》に取られる。

「静山さま」

と、鳥居耀蔵は声を低くして言った。

「なにか？」

「九州のお大名たちは蘭癖《らんぺき》に傾きがちでございます。くれぐれもおかしな影響などお受けにはならないよう願っております」

鳥居耀蔵は辰吉を受け取り、堂々ともどっていった。

だが、松浦静山は二人を見送ると、

「林どのの倅《せがれ》がわしを見張っているとはのう……これだから、この世は面白いのさ」

にやりとしたのは、いささか負け惜しみも混じっている。

第五話　後生小判

平戸藩の下屋敷からの報告がぴたりと途絶えている。川村真一郎はそのことで苛《いら》立《だ》っている自分に気がついていた。

織江は毎日、周回している下忍《げにん》にはときおり顔を見せるらしいが、何も渡されるものはないという。きわめて慎重なのか。それは誰に目撃されるかわからないのだから、接触は少ないほうがいい。それにしても……。

一度だけ、下忍を通して自分以外に静山に接近しているお庭番はいるかと訊《き》いてきた。いないと答えた。じっさいにいない。平戸藩邸というのは以前から潜入が難しく、下手な忍びを送り込んでも、次々に排除されてきた。ようやくお弓が入り込んだかと思えば、静山に殺されてしまった。

そこへ、織江のほかにもう一人送り込むような余裕はない。怪しいのは平戸だけではないのだ。

織江は何を心配しているのだろう。そういうことも訊きたいのだが、連絡が来ない。

——やはり、あのことが理由で、桜田屋敷に近づきたくないのか。

織江に「わしの嫁になれ」と言った。思いつきでも冗談でもなかった。思わず出た真摯《しんし》な告白だった。だが、それを聞いてしまったため、わたしを避けようとしているのか。

かつて、織江とお弓に、

「情に動かされるな」

そう言ったことがあった。あれは単に、お弓を牽制《けんせい》する気持ちだったのか。いや、やはり忍びの世界では、私情をはさむことは許されない。

——だが、自分のこの気持ちは何なのだ……。

屈辱めいた気持ちに襲われた。女ごときに気持ちを揺さぶられるなど、あってはならないことだった。

織江を意識したのは、二十二のときだった。じつにつまらぬことがきっかけだったが、そのときのことはよく覚えている。

川村は子どものときから猫という生きものがひどく嫌いだった。成人してからも変わらなかった。怖いとは思わないが、気味が悪かった。暗闇で光る目も、意味ありげな鳴き声も嫌だった。近くに来ると、肌がざわざわした。目の前を横切るときなど、斬ってしまいたいと思うこともあった。刀の穢《けが》れなので、じっさいに斬ることはなかったが、棒で叩《たた》くくらいのことはよくやった。

そんな、ただでさえ気味の悪い猫の遺骸《いがい》を、織江がどこかから抱いてきて、長屋の庭に葬っていた。カラスにでもつつかれたのだろう、小さな仔猫《こねこ》の遺骸だった。白い毛が血で染まっていた。穴を掘り、大切なものを横たえるように中へ置くと、すこしずつ土をかぶせていった。埋め終わると、こんもり高くなった土の上に額をつけ、織江は泣いた。自分まで仔猫になったように、背を丸め、小さくなって泣いた。

川村はなぜか目が離せなくなり、そうしたようすをじっと見つめた。

天守閣のくノ一といわれた雅江の娘だということは知っていた。泣いてばかりいた気の弱そうな娘だったが、さまざまな術を急速に身につけ、仲長著しいと評判になっていた。もしかしたら、母親を越えるかもしれないという者もいた。

だが、あんな甘っちょろいことでは、とても一人前になるのは難しいのではないか。川村はそう思った。くノ一の仕事は情け容赦がない。

猫の死骸を葬り、涙して、それが何になるのだろう?

川村にはわからなかった。わからないから気になった。自分では絶対、しないこと。それをやる娘。

いつか川村は、織江のことを遠くから見つめるようになっていた。見つめることから始まるもの。甘くて切ないもの。川村は自分の心に湧き出た思いがけない感情に驚いたものだった。

織江が来ないなら、こっちから行くしかなかった。平戸藩を探るため、それはしなければならないことなのである。

いま、九州には、おかしな機運が生まれつつある。世の中が変わろうとしているという予感。それに対応しようとする試み。そんな動きが水面下で起きているのだ。幕閣の連中はまだ甘く見ているところがあるが、川村は決して油断してはならないと思っている。むしろ、いまこそ不穏な芽を摘み取るべきなのだ。そのためにも、蘭癖の大名たちはくわしく探っておかなければならない。

川村が見るに、薩摩の島津《しまづ》と並んで平戸の松浦などは、怪しげな大名の筆頭だった。なにをしでかすかわからない怖さがあった。

「出かけるぞ」

家の下忍にそう言い、ついて来ようとするのにも、

「よい。一人で行く」

と、供を断わった。

着流しにし、編み笠をかぶった。釣竿《つりざお》を持ち、腰にとっくりを下げる。無役の旗

本が暇をもてあました風情である。

本所中之郷へ。ここらは武家地、寺社地、町人地が混在する、雑駁《ざっぱく》な感じが漂う土地柄である。ほうぼうに池もあり、フナでも釣ろうという暇な釣り人がうろうろしていても不思議はない。

迂回して平戸藩の下屋敷の前に出た。

五万石ちょっとにしては広い下屋敷は、松浦家が自前で調達した分も入っている。それほど裕福なのだ。

かつて、松浦家の居城がある平戸は、世界に向かって開かれた貿易の町だった。多くの南蛮人がこの町を訪れ、ここから広まった風習や品物も少なくない。その貿易港を長崎に移し、しかも幕府の直轄地とした。松浦家は金の成る木を取り上げられたわけで、代々の松浦家の当主たちは内心、どれほど恨んできたことか。

それでなくとも不逞《ふてい》な魂を持つ海賊そのものの静山が、唯々諾々と幕府の命に従っているわけがないのである。

近ごろ、静山は『甲子夜話』と称する書物を、大量に書きつづっている。巷《ちまた》の怪奇な現象が数多く取り上げられているらしい。

「かつて、根岸肥前守《ねぎしひぜんのかみ》が記した『耳袋』のようなもの」

という報告があるが、それも怪しいものだと川村は思っている。世に不穏の気配をまき散らしたうえで、何かしでかす。松浦静山という男は、そうした遠謀深慮のできる男なのである。

敷地をぐるりと回ってみた。

なぜか怪しげな匂いのする土地である。それは静山という人間が持つ怪しさから来ているのか。あるいは、この湿気がひどそうな、かつては一面、萱《かや》の原だったと想像できる土地自体が持つ気配なのか。

——やはり、この藩は直接、探ってみたい……。

川村真一郎もいわゆる遠国御用を経験している。加賀《かが》藩に二年、潜入した。遠国御用は生涯一度とも言われるが、二度、三度行く者もいる。川村も、また行ってもいいと思っている。ただ、行くならもうすこし骨のある藩に行きたい。加賀藩に不穏の気配はほとんど見えなかった。目の前に海を擁し、かつては海の道もあっただろうに、密貿易の気配はほとんどなかった。少なくとも、藩が関わっているような動きは皆無だった。

若い川村にとって、じつに探り甲斐《がい》のない藩だった。

だが、静山の平戸藩は……。

川村はいま、平戸藩に深く関わるつもりになっていた。自分が先頭に立って。くノ一の織江とともに——。

一

笑い声と喧嘩《けんか》の声が同時に飛び交い、畳を墨で塗りつぶすような手習いの日常が始まった。松の内も過ぎて、餅《もち》も食いつくしたころ——。

大方は元気な顔を見せてくれていたが、一人だけ、ずっと顔を見せていない子がいた。おふじという十歳くらいの女の子だった。

男の子のように見え、じっさいよく、男の子を組み伏せては、悔し泣きをさせていた。それくらいだから、病気ではないだろうと思った。

ただ、家計は厳しいらしく、教材が買えないので、彦馬が写本をつくってやっている一人だった。何か家のほうで困ったことがなければいいのだが。

おふじの家は、本郷通りを駒込《こまごめ》のほうにちょっと行ったあたりの裏長屋らしいが、くわしい場所は知らない。

彦馬はずっと気になっていて、五日目の帰りぎわに、

「お前たち、おふじのこと、何か知らないか?」

と、訊いた。

「おふじなら、両国橋の下で見たよ」

と、純吉が言った。

純吉の父親は船宿の船頭をしている。純吉もしょっちゅう船の手伝いをしていて、大川あたりはいつも行き来している。だから、見たというのは嘘ではないのだろうが、場所が変ではないか。

「橋の下？　橋の上ではないのか？」

「うん。橋桁《はしげた》のところにつかまってた」

「なんだ、それは？」

フジツボでもあるまいし、橋桁にひっついて何をしようというのか。

「でも、怖がっているふうではなかったよ」

大人なら、何してるんだくらいは訊いただろうが、子どもはちょっと変わった状況もそのまま受け入れる。度量が大人より広いのである。

彦馬にはわけがわからない。

だが、両国橋なら織江を捜すため、しょっちゅう出かけるところである。

では、明日にでも——。

というので、今日は朝から出かけてきたのである。

江戸の橋の上は面白い。

なんせ湾曲しているので、周囲に比べてひときわ高い。だいたいが洪水で流されないように、橋のたもとは高く土盛りがされている。ここに湾曲した橋がかかるのだから、三階建ての家よりも高いくらいになる。山の上から見下ろす感覚になる。しかも、人が通ったり、風が吹いていたりするのでかなり揺れる。このゆらゆらする感じが怖さ半分、面白さ半分といったところである。

景色もいいし、つねに意外なことがある。漫然と一日いても退屈しない場所だった。

ここでよく見る商売に、後生なんとかというのがある。あんな商売は、平戸では見たことがなかった。

生きものを買って、それをすぐに逃がしてやる。ひとつの命を救ってあげたわけである。そうやって功徳をほどこすと、次に生まれ変わってくる世でいいことがあるというのだ。ずいぶん安易な来世の約束だが、命を救おうというのは悪いことではない。何文かでいい気持ちになればいいのかもしれない。

売っている生きものはさまざまである。橋の上だと魚が多い。フナ、コイの稚魚、ウナギ、カメなどはよく見る。魚とは限らない。チョウやスズメも見たことがあるし、カエルもある。

一度などは、ミミズを売っているのを見た。どう見ても、釣りの餌の残りのようだった。

適当につかまえたものを商売物にしてしまう。このあたりは、田舎の人間にはない、江戸の人間の逞《たくま》しさである。

織江の顔を探しながら、こうした面白い商売のようすも眺める。うっかり織江の顔を見逃すことはないと思いたい。

——おや？

彦馬の足が止まった。

めずらしい看板を見た。鉋《かんな》もかけていない板っ切れに、

「後生小判」

と、へたくそな字で書いてある。

不思議そうに眺めていると、橋の上でロウソクを売っていた老人が、

「あれ、面白えだろ」

と、声をかけてきた。

「何なんですか？」

「あの世でも金が困らないように、小判を十五文で買って、この橋の上から投げてやるんだとさ。小判を逃がしてやるってのは聞いたことねえよな」

「へえ」

茣蓙《ござ》の上に小判が一枚、載っている。どう見ても本物である。

「新手の詐欺かな？」

「いや、詐欺じゃねえんだがね」

と、老人はにやりと笑った。

どうやらこの商売の裏をご存知らしい。

莫蓙に座っているおやじは、歳のころ四十ほど。左足を伸ばしたまま座っているが、ひどくねじ曲がったかたちになっていた。あれでは力仕事はおろか、歩くことが多い仕事も難しいだろう。

十五文で小判を買い、そのまま駆け出されたら、追いかけるのも難しいだろうと思うが、ここは橋の上である。大声を上げられれば、たちまち誰かに捕まえられてしまう。橋のたもとには番人もいるし、ここは意外と安全この上ない場所なのである。

彦馬が見ていると、ちゃんと客が現われた。身なりのいい、いかにも若旦那《わかだんな》といったふうの男である。

「ふうん、後生小判ねえ」

小判を手のひらに載せ、重さを計ったらしい。さらに目を近づけ、色や輝きもたしかめる。

「お試しを」

「面白そうだ」

金を払い、手首のひねりをきかせて遠くに放ろうとすると、おやじはぱっとその手を押さえ、

「お客さん。そいつは功徳にならねえんで」

「なんでだよ？」

「これには、捨てかたに絶対に守らなければならない決まりがあるんです。かわらけ投げじゃねえんで、風を切って飛ばすのは、仏さまのバチが当たる」

もうすでに、バチが肩のあたりまで来ているような調子で言った。

「バチが？」

「ええ。こうやって、両手で捧《ささ》げ持つようにして、ぽいっと投げるんでさあ」

仏さまのバチ当て係にでもなったように、胸を張った。

すると、若旦那らしき男は、

「ぽいっ」

と、口で言って、小判を自分の着物の懐に落とすのが見えた。

だが、おやじは慣れているらしく慌てない。

若旦那を哀れむように苦笑して、

「駄目だね、それも」

「やっぱりかい」

「三人に一人はそれをやるよ」

「そうか」

と、若旦那は照れて頭を掻《か》いた。

「それやってると、次の世じゃ盗人《ぬすっと》の道しかなくなる」

「盗人か」

「あげくは討ち首」

と、首のあたりを撫で、にやりと笑った。

「おいおい。わかったよ、ちゃんとやるよ」

今度は言われたとおりに、捧げ持つようにして、ぽいっと投げた。

きらきら光りながら、小判は大川に落ちていく。

それでも小判はすこし風に乗り、斜めにすぅっと飛んだ。

――まさか。

ほんとに小判を十五文で売ったのか。彦馬は欄干に駆け寄り、身を乗り出すようにして橋の下を見た。

小さな影が水の中を走っていた。かすかな揺らめきだが彦馬は見逃さない。落とした小判を水の中でつかむつもりなのだ。

「おふじ……」

彦馬の胸がきゅっと締め付けられた。

「冷たいだろうが……」

まだ正月の寒風吹きすさぶ大川である。

二

素晴らしい泳ぎだった。

彦馬も泳ぎはうまい。なにせ目の前が海というところで育った。しかも、泳げなければ、御船手方《おふなてかた》の仕事はほとんど務まらない。だが、あそこまで泳げるのは、大人の男でもちょっといない。

潜ってちゃんと小判を拾ったらしい。そのまま水中で反転し、上からは見られないよう底を東詰側の岸へと移動してから、水面に上がってきた。

小判を捨てた若旦那は、やはりわかっていない。

「おい、いいのかよ。ほんとに沈んだぜ」

「いいんですよ。功徳になりましたねえ」

「ううむ。ほんとになったのかねえ」

しきりに首をかしげていた。

彦馬は橋の上を、東詰のほうへ進んだ。

やはり、おふじだった。

おふじは河岸に上がると、焚《た》き火に駆け寄った。焚き火はここで水垢離《みずごり》をする人たちのために焚かれているもので、おふじはどんな交渉をしたのか、当たらせてもらっているらしい。

彦馬は河岸へ下り、声をかけた。

「おい、おふじ」

「あ、お師匠さん」

おふじは悪びれもせず、にっこり笑った。いつもは男の子のようだが、笑顔は可愛い女の子のそれである。

「うまく拾ったか」

「うん。ほらね」

たもとの小判をちらっと見せた。

「橋の上にいるのはおとっつぁんか？」

「そうだよ」

「それで、客が放り投げた小判をお前が拾うわけだ」

「そりゃそうさ。拾わなかったら、うちはおとっつぁんと首をくくらなくちゃならない。なんせ、あれは借り物だから」

「大変な仕事だな」

と、心底、感心して言った。

「そうでもないよ」

「寒いだろう？」

「なあに、水の中のほうが暖かいくらいだよ。出たあとのほうが寒いくらいさ。それに、天気がよくて、水がきれいな日しかやらないしね」

「素晴らしい泳ぎだな」

「うん。おっかさんに習ったから。安房で海女をしてたんだよ。あたしも海女になりたかった。でも、おっかさんは三年前に病で死んで……」

きゅっとつらそうな顔になった。

「その一年後に、今度はおとっつぁんが、荷車にひかれて、足が駄目になった。田舎ではあの足じゃ食べられないが、江戸にはいろんな仕事があるというので去年、安房から出てきたのさ」

「そうだったのか」

「でも、そんなに甘くはないよ」

おふじは大人のように苦笑した。

「この商売はすぐに始めたのか？」

「いや、ひと月前からだよ。おとっつぁんがしていた手内職の仕事が、景気が悪いからって年末に打ち切りになっちまってさ。それで、なんとか餅代《もち》を稼がなければと、慌てて始めたんだ。でも、やってみたら、意外に儲《もう》かるんだよ」

それはわかる。いかにも江戸っ子が喜びそうな、面白そうな商売である。

ただ、着想は面白いが、それを子どもにやらせるというところが、ちょっと酷《ひど》いのではないか。もしもおふじが溺れたりしても、あの父親には助ける力はなさそうである。だが、やめれば二人とも飢えてしまうのだろう。

彦馬は、おふじの着物が乾くのを待って、橋の上にもどった。

おふじから、手習いの師匠だと紹介された。

「雙星彦馬です」

「父親の竹蔵《たけぞう》というだ」

竹蔵は丁寧に頭を下げた。

「これはお願いなのですが、暮らしが楽ではないのはわかります。でも、おふじは学ぶことも大事だと思うのです。読み書きができると、やはり将来できる仕事の幅も広がるはずですし」

と、彦馬は言った。

「そりゃそうだよな。女だって、亭主に死なれ、自分で食っていかなきゃならねえことだってあるんだしな」

と、おふじの父親は何度もうなずいた。まったくのわからず屋というのではないらしい。

「だから、来られるときは手習いに来させてもらえませんか」

おふじを見ると、黙ってうつむいている。その顔には、ほんとは手習い所に行きたいという気持ちがありありとうかがえる。

「先生にそうまで言われちゃうとねえ」

竹蔵がそう言うと、おふじはにっこり笑った。

三

翌朝——。

おふじが法深寺の手習い所にやって来た。年末以来だから、おふじにとってはほぼ半月ぶりの仲間との出会いだろう。

「おふじ、いいのか、おとっつぁんの手伝いは？」

「うん。今日は昼過ぎから行くことにしたんで、昼までは行って来いだって」

嬉《うれ》しそうな顔で言った。

「そうか」

彦馬も嬉《うれ》しくなる。子どもが手習いに来てくれるのがこんなに嬉しいことだとは思わなかった。こんな嬉しさが味わえるのは、手習いの先生をしているからだろう。

つくづくいい仕事を世話してもらったと思う。

「昼までしっかり手習いをすればいい。よし、先生もしっかり教えてやるぞ」

おふじもいつになく一生懸命、教本に目をやっている。

昼前の講義に一区切りついたとき、

――そういえば……。

と、おふじにはまだ、書初めのときに渡す新しい筆や紙などを渡していなかったことを思い出した。

「おふじにあげる筆はどこに置いたっけな」

「先生。そっちの棚の上だよ」

と、おゆうがすぐに思い出して、棚の上を指差した。

「あたし、自分で取る」

と、おふじは踏み台を持ち出してきた。

「おい、それはふらつくから危ないぞ」

彦馬がこのあいだ落ちそうになったことを思い出して、注意した。脚のところが歪《ゆが》んでいるのだ。

「あたしが支えてあげる」

と、おゆうが踏み台を支えた。ところが、やはり安定が悪い。

「おっとっと」

おふじがふらつき、踏み台がぐらついて、

「あっ」

上から落ちた。おゆうを踏みそうになり、さらに体勢をねじるようにした。右足の甲のほうからつくような格好になった。

右足首のあたりがぎきっと鳴るのが彦馬にも聞こえた。

「おふじ。大丈夫か」

「痛ぁ」

おふじが倒れこんだまま顔をしかめた。

「ごめんね、おふじちゃん」

おゆうがおふじの足をのぞきこんだ。

「動かすな。わたしが触るから」

そっと手を当て、骨が折れて飛び出したりしていないか確かめる。そこまでひどい骨折ではなさそうである。

「どこが痛い？」

「右の小指のところが……」

そっと触れただけで、思い切り顔をしかめた。

「まずいよ……」

おふじが泣きそうな顔でつぶやいた。言いたいことは彦馬にもすぐにわかった。足を怪我すると泳げない。親子二人が食いはぐれる。

彦馬がおふじをおんぶして長屋まで行った。

おふじの父親の竹蔵は長屋の玄関口で娘の帰りを待っていた。にぎり飯を食いながら、すぐに両国橋に出かけるつもりだったらしい。足の悪い竹蔵は、自分で工夫したらしい、ねじれたようなかたちをした杖《つえ》を持っていた。

「どうしたんだ、おふじ」

「ちょっと踏み台から落ちてしまいまして」

玄関口に降ろし、もう一度、右足を見た。

小指を骨折しているのが明らかになっていた。見る見るうちに腫《は》れてきている。

「ああ。これじゃ、泳げねえなあ。飯の食いっぱぐれだなあ」

と、竹蔵が情けない声で言った。

すると、彦馬の後ろから声がした。

「うちの店で面倒を見させてもらいますから」

おゆうだった。どうしてもいっしょに行くと、ついてきていたのだ。

「あんた、何言ってんの？」

おふじが顔をしかめながら言った。男の子と喧嘩《けんか》をするときの口調である。こうなると、そのうち安房訛《なま》りの啖呵《たんか》も出てくる。

「あのとき、踏み台をしっかり支えてあげられなかったから」

「だから、ほどこししてくれるってか？」

「ほどこしなんかじゃない」

「ほどこしだ」

「お詫《わ》び……」

おゆうの声が小さくなる。

「あんたみたいに恵まれた子に」

と、おふじは言った。

「おふじちゃん、いつもそう言うけど……」

いつもそんなことを言っていたのか。

たしかにおゆうは大きな瀬戸物屋の娘で、金銭のことでは恵まれているだろう。だからこそ、以前はかどわかしに遭ったりもした。

「あたしだって、つらいことは山ほどあるよ」

「嘘つけ」

「嘘じゃない」

そうなのだ。おゆうは頭も優秀で、姿も可愛くて、男の子たちにも絶大な人気があるけれど、どこかに悲しみを宿している。それは彦馬もずっと感じていたことなのだ。

「帰れ、帰れ」

と、冷たく言ったおふじだって、切なさを抱えている。

おゆうは長屋を飛び出していった。

おふじの怪我も心配だし、おゆうも心配である。帰りに佐久間河岸にあるおゆうの家の土州屋にも寄ってみるつもりだった。

四

この日——。

織江は朝飯のしたくを終えると、早々と外に出た。ひさしぶりに彦馬の顔を見るつもりだった。

元日のあと、一度、ちらっと見ただけで、もう七、八日は顔を見ていない。手習いが始まったので、そちらで忙しいのはわかっている。難しい年ごろの子どもたちだから、次から次に問題が起きるのは仕方がないことだった。

一瞬、彦馬が自分に、手習いで起きた子どもたちのできごとを、真剣に語る表情が目に浮かんだ。

「あいつがな……」

本気で心配する彦馬。織江はそれを聞き、なんとか子どもたちのために頑張って欲しくて、

「しっかりね」

と、長屋を送り出す。

きゅっと胸が詰まった。そんなこともできない妻。手裏剣を飛ばし、闇に潜んで敵を倒しても、小さな手助けができないくノ一の妻。

それでも、今日は彦馬の顔を見ることができる。天気もいい。お里のときはのったりゆっくり歩くようにしているが、ついつい足取りが軽くなってしまう。

——え？

大川沿いに御竹蔵《おたけぐら》あたりに来たときだろうか。

何か気配を感じた。

通り過ぎた子どもを見るふりをして、後ろを見た。視界に入った十人ほどの中に、さっきもいた者がいる。

つけられていた。

見事な尾行である。怪しげな気配は完全に消されている。

だが、織江はわかった。

——辰吉？

つい、追い払ったはずの、嫌な爺《じじ》ぃのことを思い出した。

両国橋の中ほどに奇妙な看板が立ったのは、後生小判のおやじが姿を見せなくなって五日ほどしてからだった。

「後生おんな」

と、書いてあり、座っているのは、あの「後生小判」のおやじだった。

なんでも、この世でもてなかった男が、女の功徳をつむことで、来世はもてるようになるのだという。

彦馬が知恵をしぼった趣向である。

やることはいっしょである。橋の上からウナギやカメを逃がすように、哀れな女を逃がしてやる。それが功徳になる。

女の役はおふじがつとめる。

「橋の上から落とされるの？」

と、不安な顔をした。いくら泳ぎが得意でも、あの高さは怖い。

「大丈夫。あれは絶対に落とせない。相撲取りのような力持ちにも落とせない」

と、彦馬が太鼓判を押した。

おふじはおかしな格好になっていた。山のような身体である。じつは、巨大な瀬戸物の中に入って、首だけ出している。瀬戸物にはいちおう、女の着物が巻きつけてあった。

この瀬戸物、もともとはおゆうの家で瀬戸物を商う土州屋が看板がわりにしていたタヌキの置物だった。それが、馬が暴走し、荷車が激突した事故で頭の部分が壊れ、そのまま裏庭に放置してあった。

おゆうをなぐさめるためにやって来た彦馬が、それを見たことから考えたことだった。

あれにおふじが入って、後生おんなに……。

「どおれ、試しにやってみるかい」

と、十五文を払った男に、竹蔵は言った。

「はい。この女を思い切り、川に放ってください」

「ほんとにいいんだな」

「かまいませんとも」

男はおふじを持ち上げようとした。

「うっ」

瀬戸物もこれくらいの大きさになると、かなり重い。しかも、これはタヌキだから中がふくらんだかたちで、釉薬《ゆうやく》をつけて焼いてあるからつるつる滑る。念のため、油まで塗ってある。とても持ち上がらない。

万が一、放り込まれたりしたらかわいそうなので、何度もたしかめた。男三人がかりでも持ち上げることはできなかった。

「さあ、ぐっと持って」

と、竹蔵がけしかける。

「うっ、駄目だ。持てねえよ」

客が泣きごとを言う。

すると、竹蔵はさっと顔を寄せ、こう言うのだった。

「旦那《だんな》。来世ももてねえ……」

五

江戸っ子は洒落《しゃれ》が大好きである。

ここで、皆、爆笑してくれる。

「あっはっは。こいつは一本やられたぜ」

機嫌よく帰ってくれる。

誰も本気で来世の色男を願っているわけではない。せいぜい、だったらいいなくらい。たかだか十五文で、来世の約束がかなうほど、甘いものとは誰も思ってなんぞいない。

ところが――。

江戸にも洒落が通じない男はいる。馬鹿にされたとしか思わない。この日、六人目の客がそうだった。

「何、来世ももてねえだと」

にこりともせず、おやじの首根っこを摑《つか》まえた。

「冗談なんで」

「てめえのつまらねえ冗談を聞かせるため、十五文ふんだくったのか？」

「返します」

「人は、やったことは元にもどせねえんだよ。殺した相手が生き返るか？」

この手の男に限って、いかにもごもっともの説教を垂れたりする。

ちょっと離れたところで、ぼんやりしていた彦馬が、慌てて駆け寄った。

「乱暴はやめてください」

「なんだ、てめえは」

じろりと彦馬を見た。彦馬は無腰である。江戸に持って来た先が切られた木刀など、とっくに捨ててしまった。

「この趣向を考えたものです」

「てめえが考えたのか。この、人を馬鹿にした商売を」

六人目の男は、竹蔵から手を離し、彦馬のほうを向いた。ねじり鉢巻きをしている。寿司《すし》屋の職人あたりか。だが、堅気の雰囲気ではなかった。

「ええ、そうです」

「商売やるんなら、命賭《か》けて商売しろ。バクチだって最後は命賭けるんだぞ」

柄は悪いが説教はうまい。

「賭けてたんです。そういう商売をしてたんです。この冬空にまだ年端もいかない娘が大川に飛び込んで……」

そう言いながら、彦馬はおふじをちらりと見た。おふじは壊れたたぬきの置物の中で愕然《がくぜん》としている。また、おふじにつらい思いをさせてしまったかなと、すまない気持ちになった。

「……それが足を怪我してできなくなったので、こうした趣向を考えたのです。気に障ったならご勘弁ください」

と、頭を下げた。

「許さねえな。おれはここんとこ、ずっとむしゃくしゃしてたんでな」

六人目の男は懐に手を入れた。

織江ははらはらしていた。

両国橋のところに来て、そこに彦馬がいるのに気づいた。

――どうしてこんなところに？

もっと近づけば、事情がわかることも耳に入るだろう。だが、誰かにつけられている。彦馬のことを、そいつには知られたくない。

織江は彦馬がいる前を通り過ぎ、十間ほど離れたあたりで、景色でも見るように立ち止まった。

すると、彦馬が性質《たち》の悪そうな男にからまれはじめたのである。男は、どこか自《や》棄《け》になっている。

乱暴をするかもしれない。
一、二発殴られるくらいなら、どうってことはない。彦馬は性格こそ穏やかだが、身体はしっかりしているし、鍛えてもいる。殴られるくらいはなんともない。
ただ、あの男にはそれだけではおさまらない雰囲気がある。怒り出すととことんまでいかないと止まらない。

織江はいざとなれば助けに入るつもりだった。

だが、どうしても、つけてきた男が気になった。

編み笠《がさ》をかぶって、足元をふらつかせている。

——まさか。

愕然となった。

川村真一郎ではないか。

あの男が直接、あとをつけて来るとは思わなかった。

彦馬と川村を会わせたくはない。彦馬に危害が加えられることだってあるかもしれない。

うっかり助け舟を出すわけにはいかなくなっていた。

六人目の男が懐から取り出したのは、短いがよく光る刃物だった。

周囲にいた者の顔が凍りついた。

「よう、どうカタをつけてくれるんだよ」

「その刃物はまずいですよ」

と、彦馬はなだめるように言った。

「なんだとぉ」

激昂《げっこう》している。

眉《まゆ》を上げたりしたせいか、ねじり鉢巻きがすこしずれてきていた。すると、額のところから妙なものがのぞいた。

目玉だった。

目玉が彫られていた。

三つ目……。名前が思い浮かんだ。三つ目の清蔵。一瞬、あれ、誰だったかと思った。すぐに思い出した。はまぐり湯の事件。湯船でバクチ打ちを刺し殺した男は逃走していた。

ついこのあいだも、同心の原田がこぼしていた。どこに潜んだのか、見つからねえんだ。自棄になっているらしいから、早く捕まえたいんだがな——と。

ここにいた。たしかに自棄になっていた。

「あんた、三つ目の清蔵……」

うっかり口にした。

「てめえ、おいらを知ってんのか」

清蔵が刃物を振りかざした。いきなりである。咄嗟に捕縛の恐怖がこみあげたのかもしれない。

「きゃあ」

おふじが悲鳴を上げた。

周囲の野次馬が固唾《かたず》を呑《の》んだ。

さすがの織江も、手を出す暇がなかった。

そのとき、三つ目の清蔵のそばにいた編み笠の男が、ひょいと手を出した。酔ってもつれたような足取りで、出された手も、銚子《ちょうし》をはじくような力の入らない動きだった。

だが、その手は三つ目の清蔵の、刃物をつかんだ手をぴしりと打った。

軽く手を払ったようだったが、三つ目の清蔵の刃物が高々と飛んだ。そのまま大川へと落ちていく。

「ううう」

清蔵は手首をもう片方の手で押さえた。外れたか、折れたかしたらしい。

「橋番、来てくれ」

近くにいた誰かが大声を上げた。

編み笠の男はそのまま立ち去ろうとした。織江がすでに歩き出していたからである。こんな騒ぎより、織江のあとをつけるほうが大事だった。

――どこへ行こうとしているのか？

すると、後ろから声がかかった。

「助かりました。かたじけなかったです」

さっき、刃物で脅された男だった。あやうく刺されそうだったというのに、暢気《のんき》そうな笑顔だった。

「なに、どうということは」

それに川村にしても、別に救おうなどと思ったわけではない。つい、手を出してしまったのである。

川村自身が、首をかしげたくなるような行動だった。あるいはこの笑顔の男に、つい助け舟を出したくなるような、人徳のようなものが備わっているのかもしれなかった。

六

ねずみ小僧が――。

屋敷の者は、誰もがすぐにそう思った。それくらいねずみ小僧は江戸中の評判になっている。

大名屋敷ばかりを狙う神出鬼没の怪盗。本当か嘘かはわからないが、奪った金は貧しい庶民にばらまいているといううわさもある。

なんてありがたい泥棒さま。世間はむしろ、泥棒のほうに喝采《かっさい》を送っている気配だった。

本当にそのねずみ小僧が、ここ平戸藩下屋敷にも出現したのか。

それは静山がほんのちょっと気を許した隙のことだった。『甲子夜話』の執筆を中断して、離れから母屋に向かった。二匹の犬も、静山のあとを追いかけていく。

そこに入り込んだ泥棒が手文庫を抱えて逃げた。

静山の離れは、池の上にまるで船が突き出すような趣向でつくられている。出入り口は一つだけで、よほどすばやく逃げないと、逃走路はふさがれる。

泥棒は恐ろしくすばやい男で、それをやった。

「御前。曲者《くせもの》が！」

庭にいた若い藩士が叫んだ。

「しまった」

静山は追った。

泥棒はこっちを振り向いた。へらへら笑っている。憎々しいふるまいだが、ほんとに楽しくて笑っているような気配もある。

泥棒は下働きの者たちが住む一角の中を凄《すご》い勢いで駆け抜けた。

二匹の犬も追う。

長屋の一角を抜けたと思ったら、泥棒ははるか遠くを走っていた。また、こっちを向いて静山を愚弄《ぐろう》するように笑った。なぜか憎めない独特の笑顔。

「あやつ、なんという韋駄天《いだてん》」

静山はさらに足を速めた。

野菜畑を踏みにじりながら走り抜け、柿の木の枝に攀《よ》じ登ったかと思ったら、築《つい》地塀《じ》をたちまち乗り越えた。

泥棒は塀の上でケツまくりまでして、下へ飛び降りた。

さすがの静山も、あの韋駄天をここまで追って来ると、ひどく息が切れた。このまま塀を乗り越えていっても、まず追いつくことはできないだろう。

――ん？

犬がまだ来ていなかった。めずらしいことだった。犬がしっかり追いかけていれば、この築地塀の手前あたりで追いついていてもよさそうだった。

――迂回《うかい》でもしたのか？

だが、犬はちゃんと追っていたのである。

下働きの者たちが住む長屋の裏で、マツとタケはもう一人の、顔や姿がそっくりな泥棒に飛びかかっていた。

「くそっ。人は騙《だま》せても、犬畜生が騙せねえんだよな」

泥棒は悔しそうに言った。腕に背中に激しく吠《ほ》えながら喰《く》らいついてくる。

「ええい、やかましい」

ついに手文庫を放り出し、近くの築地塀を乗り越えて逃げてしまった。

一部始終を織江は見ていた。

あの泥棒たちだった。東海道の藤枝《ふじえだ》の宿で見た、憎めない双子の泥棒。金蔵《きんぞう》さんと銀蔵《ぎんぞう》さんだった。

――頑張ってるのね、江戸で……。

応援してあげたい気分だった。

放り出した手文庫が織江の前にあった。

書物があり、中に静山の書き込みが見えた。周囲を見回し、そっと拾い上げた。

書物は、大事な貿易品である。これが許可されない書物なら、充分に密貿易の証拠になりうる。

中身をぱらぱらとめくった。平仮名はない。すべて漢字である。ちらっと大砲の絵が見えた。これはどうやら西洋の武器について書かれた本のようだった。

奥付を見た。書かれたのも新しい。静山の朱筆も入っている。

織江はこれをそっと背中に隠した。

静山がもどってきた。

織江はすっかり怯《おび》えきり、腰を抜かしたように地べたにしゃがみこんでいる。

「もう一人いたのか？」

と、静山は言った。築地塀のところまで追いかけていったマツとタケももどってきた。

「そっくりな男と入れ替わったのだな」

静山はもどってきた犬を見ながら、察しがついたらしい。

「御前さま。さっき、あれを」

と、織江は井戸の近くに落ちている手文庫を指差した。

品々が散らばっている。静山はそれらを拾い、手文庫に入れた。南蛮のはさみ、近くを見るためのメガネは、執筆には欠かせない。鉛の硬い芯《しん》で書く南蛮の筆。手早く覚えを記すには、こっちのほうが筆よりも使いやすい。これらは南蛮のものではあっても、ちょっと金を積めば、長崎で、いや江戸でも入手できる。だから、奪われたとしても、そう惜しいものではない。

「はて……」

静山は唸《うな》った。肝心なものがない。

「お里。書物が落ちてはいなかったか？」

と、静山は織江に訊《き》いた。

「いいえ」

「しまった……」

静山がめずらしいくらい険しい顔をした。

織江はこの書物をあとで丹念に見た。小さな炭火に、焼けるのではないかと心配するくらい近づけて読んだ。

ついにつかんだ、と思った。密貿易の証拠である。

やはり、南蛮の武器の本だった。ご禁制の書物である。

しかも、静山の字で書きつけがあった。

「この大砲を、城と船に備えるべし。三門ずつ」

「船の胴にこの小銃を五丁ずつ」

等々……。

身体が震えてきた。

とんでもない計画だった。

これは密貿易どころではない。いったい松浦静山という人は、何をしようとしているのか。

まさか、幕府を転覆させようとでもいうのか。

あるいは、この国を開こうとしている。

「静山は海の民……」

川村はそう言っていた。だとすれば、いまの鎖国体制に不満があるのは当然のことだった。

これを桜田御用屋敷に届ければ、間違いなく静山は破滅する。そして、事態は藩の御船手方書物天文係の彦馬にも連鎖することである。彦馬のところは、書物の管理もおこなっていた。となれば、彦馬も当然、切腹ということになるだろう。

それだけではすまない。川村真一郎は、平戸藩取り潰しまで持って行くに違いない。

そして、わたしは大きな手柄を立て、川村真一郎の嫁になる。川村家は旗本である。その嫁。

くノ一の仕事からは足を洗い、悠然と屋敷の中におさまっていることもできる。

――どうしたらいい？

ふと、お蝶の言葉が耳元によみがえった。

「あんたはあそこからいつか抜けるような気がしていた……」

身《み》も心《こころ》も

妻《つま》は、くノ一《くのいち》 3

風野真知雄《かぜのまちお》

平成21年 2月25日　初版発行
令和6年 12月10日　17版発行

発行者●山下直久

発行●株式会社KADOKAWA
〒102-8177　東京都千代田区富士見2-13-3
電話　0570-002-301（ナビダイヤル）

角川文庫 15561

印刷所●株式会社KADOKAWA
製本所●株式会社KADOKAWA

表紙画●和田三造

◎本書の無断複製（コピー、スキャン、デジタル化等）並びに無断複製物の譲渡および配信は、著作権法上での例外を除き禁じられています。また、本書を代行業者等の第三者に依頼して複製する行為は、たとえ個人や家庭内での利用であっても一切認められておりません。
◎定価はカバーに表示してあります。

●お問い合わせ
https://www.kadokawa.co.jp/（「お問い合わせ」へお進みください）
※内容によっては、お答えできない場合があります。
※サポートは日本国内のみとさせていただきます。
※Japanese text only

©Machio Kazeno 2009　Printed in Japan
ISBN978-4-04-393103-3　C0193

◆◇◇

角川文庫発刊に際して

角川源義

第二次世界大戦の敗北は、軍事力の敗北であった以上に、私たちの若い文化力の敗退であった。私たちの文化が戦争に対して如何に無力であり、単なるあだ花に過ぎなかったかを、私たちは身を以て体験し痛感した。西洋近代文化の摂取にとって、明治以後八十年の歳月は決して短かすぎたとは言えない。にもかかわらず、近代文化の伝統を確立し、自由な批判と柔軟な良識に富む文化層として自らを形成することに私たちは失敗して来た。そしてこれは、各層への文化の普及滲透を任務とする出版人の責任でもあった。

一九四五年以来、私たちは再び振出しに戻り、第一歩から踏み出すことを余儀なくされた。これは大きな不幸ではあるが、反面、これまでの混沌・未熟・歪曲の中にあった我が国の文化に秩序と確たる基礎を齎らすためには絶好の機会でもある。角川書店は、このような祖国の文化的危機にあたり、微力をも顧みず再建の礎石たるべき抱負と決意とをもって出発したが、ここに創立以来の念願を果すべく角川文庫を発刊する。これまで刊行されたあらゆる全集叢書文庫類の長所と短所とを検討し、古今東西の不朽の典籍を、良心的編集のもとに、廉価に、そして書架にふさわしい美本として、多くのひとびとに提供しようとする。しかし私たちは徒らに百科全書的な知識のジレッタントを作ることを目的とせず、あくまで祖国の文化に秩序と再建への道を示し、この文庫を角川書店の栄ある事業として、今後永久に継続発展せしめ、学芸と教養との殿堂として大成せんことを期したい。多くの読書子の愛情ある忠言と支持とによって、この希望と抱負とを完遂せしめられんことを願う。

一九四九年五月三日

角川文庫ベストセラー

妻は、くノ一　全十巻　風野真知雄

平戸藩の御船手方書物天文係の雙星彦馬は藩きっての変わり者。その彼のもとに清楚な美人、織江が嫁に来た!? だが織江はすぐに失踪。彦馬は妻を探しに江戸へ向かう。実は織江は、凄腕のくノ一だったのだ！

姫は、三十一　風野真知雄

平戸藩の江戸屋敷に住む清湖姫は、微妙なお年頃のお姫様。市井に出歩き町角で起こる不思議な出来事を調べるのが好き。この年になって急に、素敵な男性が次々と現れて……恋に事件に、花のお江戸を駆け巡る！

恋は愚かと　姫は、三十一2　風野真知雄

赤穂浪士を預かった大名家で発見された奇妙な文献。そこには討ち入りに関わる驚愕の新事実が記されていた。さらにその記述にまつわる殺人事件も発生。右往左往する静湖姫の前に、また素敵な男性が現れて——。

君微笑めば　姫は、三十一3　風野真知雄

謎の書き置きを残し、駆け落ちした姫さま。豪商〈薩摩屋〉から、奇妙な手口で大金を盗んだ義賊・怪盗一寸小僧。モテ年到来の静湖姫が、江戸を賑わす謎を追う！　大人気書き下ろしシリーズ第三弾！

薔薇色の人　姫は、三十一4　風野真知雄

売れっ子絵師・清麿が美人画に描いたことで人気となった町娘2人を付け狙う者が現れた。〈謎解き屋〉を始めた自由奔放な三十路の姫さま・静湖姫は、その不届き者捜しを依頼されるが……。人気シリーズ第4弾！

角川文庫ベストセラー

鳥の子守唄
姫は、三十一5
風野真知雄

謎解き屋を始めた、モテ期の姫さま静湖姫。今度の依頼人は、なんと「大鷲にさらわれた」という男。一方、〝渡り鳥貿易〟で異国との交流を図る松浦静山の屋敷に、謎の手紙をくくりつけたカッコウが現れ……。

運命のひと
姫は、三十一6
風野真知雄

〈謎解き屋〉を開業中の静湖姫にまた奇妙な依頼が。長屋に住む八世帯が一夜で入れ替わった謎を解いてくれというのだ。背後に大事件の気配を感じ、姫は張り切って謎に挑む。一方、恋の行方にも大きな転機が!?

月に願いを
姫は、三十一7
風野真知雄

静湖姫は、独り身のままもうすぐ32歳。そんな折、ある藩の江戸上屋敷で藩士１００人近くの死体が見付かる。調査に乗り出した静湖が辿り着いた意外な真相とは？　そして静湖の運命の人とは!?　衝撃の完結巻！

西郷盗撮
剣豪写真師・志村悠之介
風野真知雄

元幕臣で北辰一刀流の達人の写真師・志村悠之介は、ある日「西郷隆盛の顔を撮れ」との密命を受ける。鹿児島に潜入し西郷に接近するが、美しい女写真師、人斬り半次郎ら、一筋縄ではいかぬ者たちが現れ……。

鹿鳴館盗撮
剣豪写真師・志村悠之介
風野真知雄

写真師で元幕臣の志村悠之介は、幼なじみの百合子と再会する。彼女は子爵の夫人となり鹿鳴館の華といわれていた。逢瀬を重ねる2人は鹿鳴館と外交にまつわる陰謀に巻き込まれ……大好評〝盗撮〟シリーズ！

角川文庫ベストセラー

ニコライ盗撮
剣豪写真師・志村悠之介
風野真知雄

来日中のロシア皇太子が襲われるという事件が勃発。襲撃現場を目撃した北辰一刀流の達人にして写真師の志村悠之介は事件の真相を追うが……日本中を震撼させた大津事件の謎に挑む、長編時代小説。

妖かし斬り
四十郎化け物始末1
風野真知雄

鳥につきまとわれているため〝からす四十郎〟と綽名される浪人・月村四十郎。ある日病気の妻の薬を買うため、用心棒仲間も嫌がる化け物退治を引き受ける。油問屋に巨大な人魂が出るというのだが……。

百鬼斬り
四十郎化け物始末2
風野真知雄

借金返済のため、いやいやながらも化け物退治を引き受けるうちに有名になってしまった浪人・月村四十郎。ある日そば屋に毎夜現れる閻魔を退治してほしいとの依頼が……人気著者が放つ、シリーズ第2弾！

幻魔斬り
四十郎化け物始末3
風野真知雄

礼金のよい化け物退治をこなしても、いっこうに借金の減らない四十郎。その四十郎にまた新たな化け物退治の依頼が舞い込んだ。医院の入院患者が、一夜にして骸骨になったというのだ。四十郎の運命やいかに！

猫鳴小路のおそろし屋
風野真知雄

江戸は新両替町にひっそりと佇む骨董商〈おそろし屋〉。光圀公の杖は四両二分……店主・お縁が売る古い品には、歴史の裏の驚愕の事件譚や、ぞっとする話がついてくる。この店にもある秘密があって……？

角川文庫ベストセラー

猫鳴小路のおそろし屋2
酒呑童子の盃
風野真知雄

江戸の猫鳴小路にて、骨董商〈おそろし屋〉をひっそりと営むお縁と、お庭番・月岡。赤穂浪士が吉良邸討ち入り時に使ったとされる太鼓の音に呼応するように、第二の刺客〝カマキリ半五郎〟が襲い来る！

猫鳴小路のおそろし屋3
江戸城奇譚
風野真知雄

江戸・猫鳴小路の骨董商〈おそろし屋〉で売られている骨董は、お縁が大奥を逃げ出す際、将軍・徳川家茂が持たせた物だった。お縁はその骨董好きゆえ、江戸城の秘密を知ってしまったのだ——。感動の完結巻！

女が、さむらい
風野真知雄

修行に励むうち、千葉道場の筆頭剣士となっていた長州藩の風変わりな娘・七緒は、縁談の席で強盗殺人事件に遭遇。犯人を倒し、謎の男・猫神を助けたことから、妖刀村正にまつわる陰謀に巻き込まれ……。

女が、さむらい
鯨を一太刀
風野真知雄

徳川家に不吉を成す刀〈村正〉の情報収集のため、店を構えたお庭番の猫神と、それを手伝う女剣士の七緒。ある日、斬られた者がその場では気づかず、帰宅してから死んだという刀〈兼光〉が持ち込まれ……？

女が、さむらい
置きざり国広
風野真知雄

情報収集のための刀剣鑑定屋〈猫神堂〉に持ち込まれた名刀〈国広〉。なんと下駄屋の店先に置き去りにされていたという。高価な刀が何故？　時代の変化が芽吹く江戸で、腕利きお庭番と美しき女剣士が活躍！

角川文庫ベストセラー

女が、さむらい 最後の鑑定　風野真知雄

刀に纏わる事件を推理と剣術で鮮やかに解決してきた猫神と七緒。江戸に降った星をきっかけに幕府と紀州忍軍、薩摩・長州藩が動き出し、2人も刀に導かれるように騒ぎの渦中へ――。驚天動地の完結巻！

沙羅沙羅越え　風野真知雄

戦国時代末期。越中の佐々成政は、家康に、秀吉への徹底抗戦を懇願するため、厳冬期の飛騨山脈越えを決意する。何度でも負けてやる――白い地獄に挑んだ生真面目な武将の生き様とは。中山義秀文学賞受賞作。

酔いどれて候 酔眼の剣　稲葉 稔

曾路里新兵衛は三度の飯より酒が好き。普段はだらしないこの男、実は酔うと冴え渡る「酔眼の剣」の遣い手だった！ 金が底をついた新兵衛は、金策のため岡っ引き・伝七の辻斬り探索を手伝うが……。

酔いどれて候2 凄腕の男　稲葉 稔

浪人・曾路里新兵衛は、ある日岡っ引きの伝七に呼び出される。暴れている女やくざを何とかしてほしいというのだ。女から事情を聞いた新兵衛は……秘剣「酔眼の剣」を遣い悪を討つ、大人気シリーズ第2弾！

酔いどれて候3 秘剣の辻　稲葉 稔

江戸を追放となった暴れん坊、双三郎が戻ってきた。岡っ引きの伝七から双三郎の見張りを依頼された新兵衛は……酔うと冴え渡る秘剣「酔眼の剣」を操る新兵衛が、弱きを助け悪を挫く人気シリーズ第3弾！

角川文庫ベストセラー

酔いどれて候4 武士の一言　稲葉　稔

浅草裏を歩いていた曾路里新兵衛は、畑を耕す見慣れない男を目に留めた。その男の動きは、百姓のそれではない。立ち去ろうとした新兵衛はその男に呼び止められ、なんと敵討ちの立ち会いを引き受けることに。

酔いどれて候5 侍の大義　稲葉　稔

苦情を言う町人を説得するという普請下奉行の使い・次郎左、さらに飾り職人殺し捜査をする岡っ引き・伝七の助働きもすることになった曾路里新兵衛。なぜか繋がりを見せる二つの事態。その裏には——。

風塵の剣㈠　稲葉　稔

天明の大飢饉で傾く藩財政立て直しを図る父が、藩主の怒りを買い暗殺された。幼き彦蔵も追われながら、藩への復讐を誓う。そして人々の助けを借り、苦難や挫折を乗り越えながら江戸へ赴く——。書き下ろし！

風塵の剣㈡　稲葉　稔

藩への復讐心を抱きながら、剣術道場・凌宥館の副師範代となった彦蔵。絵で身を立てられぬかとの考えも頭をよぎるが、そんな折、その剣の腕とまっすぐな性格を見込まれ、さる人物から密命を受けることに——。

風塵の剣㈢　稲葉　稔

歌川豊国の元で絵の修行をしながらも、極悪人を裏で成敗する根岸肥前守の直轄〝奉行組〟として目覚ましい働きを見せる彦蔵。だがある時から、何者かに命を狙われるように——。書き下ろしシリーズ第3弾！

角川文庫ベストセラー

風塵の剣（四）　稲葉　稔

奉行所の未解決案件を秘密裡に処理する「奉行組」として悪を成敗するかたわら、絵師としての腕前も磨いてゆく彦蔵。だが彦蔵は、ある出会いをきっかけに、大きな時代のうねりに飛び込んでゆくことに……。

風塵の剣（五）　稲葉　稔

「異国の中の日本」について学び始めた彦蔵は、見聞を広めるため長崎へ赴く。だがそこでイギリス軍艦フェートン号が長崎港に侵入する事件が発生。事態を収拾すべく奔走するが……。書き下ろしシリーズ第5弾。

風塵の剣（六）　稲葉　稔

幕府の体制に疑問を感じた彦蔵は、己は何をすべきか焦燥感に駆られていた。そんな折、師の本多利明が襲撃される。その意外な黒幕とは？　一方、彦蔵の故郷・河遠藩では藩政改革を図る一派に思わぬ危機が――。

風塵の剣（七）　稲葉　稔

身勝手な藩主と家老らにより、崩壊の危機にある河遠藩。渦巻く謀略と民の困窮を知った彦蔵は、皮肉なことに、己の両親を謀殺した藩を救うために剣を振るうこととなる――。人気シリーズ、堂々完結！

喜連川《きつれがわ》の風　江戸出府　稲葉　稔

石高はわずか五千石だが、家格は十万石。日本一小さな大名家が治める喜連川藩では、名家ゆえの騒動が次々に巻き起こる。家格と藩を守るため、藩の中間管理職にして唯心一刀流の達人・天野一角が奔走する！

角川文庫ベストセラー

喜《き》連《つれ》川《がわ》の風　忠義の架橋
稲葉　稔

喜連川藩の中間管理職・天野一角は、ひと月で橋の普請を完了せよとの難題を命じられる。慣れぬ差配で、手伝いも集まらず、強盗騒動も発生し……果たして一角は普請をやり遂げられるか？　シリーズ第2弾！

喜《き》連《つれ》川《がわ》の風　参勤交代
稲葉　稔

喜連川藩の小さな宿場に、二藩の参勤交代行列が同日に宿泊することに！　家老たちは大慌て。宿場や道の整備を任された喜連川藩の中間管理職・天野一角は奔走するが、新たな難題や強盗事件まで巻き起こり……。

喜《き》連《つれ》川《がわ》の風　切腹覚悟
稲葉　稔

不作の村から年貢繰り延べの陳情が。だが、ぞんざいな藩の対応に不満が噴出、一揆も辞さない覚悟だという。藩の中間管理職・天野一角は農民と藩の板挟みの末、中老から、解決できなければ切腹せよと命じられる。

喜《き》連《つれ》川《がわ》の風　明星ノ巻（一）
稲葉　稔

石高五千石だが家格は十万石と、幕府から特別待遇を受ける喜連川藩。その江戸藩邸が火事に！　藩の中間管理職・天野一角は、若き息子・清助を連れて江戸に赴くが、藩邸普請の最中、清助が行方知れずに……。

喜《き》連《つれ》川《がわ》の風　明星ノ巻（二）
稲葉　稔

喜連川藩で御前試合の開催が決定した。勝者は名家の剣術指南役に推挙されるという。喜連川藩士・天野一角の息子・清助も気合十分だ。だが、その御前試合に不正の影が。一角が密かに探索を進めると……。

角川文庫ベストセラー

大河の剣（一）　稲葉稔

川越の名主の息子山本大河は、村で手が付けられないほどのやんちゃ坊主。だが大河には剣で強くなりたいという想いがあった。その剣を決してあきらめないという強い意志は、身分の壁を越えられるのか——。

流想十郎蝴蝶剣　鳥羽亮

花見の帰り、品川宿近くで武士団に襲われた姫君一行を救った流想十郎。行きがかりから護衛を引き受け、小藩の抗争に巻き込まれる。出生の秘密を背負い無敵の剣を振るう、流想十郎シリーズ第1弾、書き下ろし！

剣花舞う　流想十郎蝴蝶剣　鳥羽亮

流想十郎が住み込む料理屋・清洲屋の前で、乱闘騒ぎが起こった。襲われた出羽・滝野藩士の田崎十太郎とその姪を助けた想十郎は、藩内抗争に絡む敵討ちの助太刀を求められる。書き下ろしシリーズ第2弾。

舞首　流想十郎蝴蝶剣　鳥羽亮

大川端で辻斬りがあった。首が刎ねられ、血を撒き散らしながら舞うようにして殺されたという。惨たらしい殺し方は手練の仕業に違いない。その剣法に興味を覚えた想十郎は事件に関わることに。シリーズ第3弾。

恋蛍　流想十郎蝴蝶剣　鳥羽亮

人違いから、女剣士・ふさに立ち合いを挑まれた流想十郎は、逆に武士団の襲撃からふさを救うことになり、出羽・倉田藩の藩内抗争に巻き込まれる。恐るべき殺人剣が想十郎に迫る！　書き下ろしシリーズ第4弾。

角川文庫ベストセラー

愛姫受難
流想十郎蝴蝶剣
鳥羽亮

目付の家臣が斬殺され、流想十郎は下手人の始末を依頼される。幕閣の要職にある牧田家の姫君の輿入れを妨害する動きとの関連があることを摑んだ想十郎は、居合集団・千島一党との闘いに挑む。シリーズ第5弾。

双鬼の剣
流想十郎蝴蝶剣
鳥羽亮

大川端で遭遇した武士団の斬り合いに、傍観を決め込もうとした想十郎だったが、連れの田崎が劣勢の側に助太刀に入ったことで、藩政改革をめぐる遠江・江島藩の抗争に巻き込まれる。書き下ろしシリーズ第6弾。

蝶と稲妻
流想十郎蝴蝶剣
鳥羽亮

剣の腕を見込まれ、料理屋の用心棒として住み込む剣士・流想十郎には出生の秘密がある。それが、他人との関わりを嫌う理由でもあったが、父・水野忠邦が会いたがっていると聞かされる。想十郎最後の事件。

雲竜
火盗改鬼与力
鳥羽亮

町奉行とは別に置かれた「火付盗賊改方」略称「火盗改」は、その強大な権限と広域の取締りで凶悪犯たちを追い詰めた。与力・雲井竜之介が、5人の密偵を潜らせ事件を追う。書き下ろしシリーズ第1弾！

闇の梟
火盗改鬼与力
鳥羽亮

吉原近くで斬られた男は、火盗改同心・風間の密偵だった。密偵は、死者を出さない手口の「梟党」と呼ばれる盗賊を探っていたが、太刀筋は武士のものと思われた。与力・雲井竜之介が謎に挑む。シリーズ第2弾。

角川文庫ベストセラー

入相の鐘
火盗改鬼与力
鳥羽　亮
日本橋小網町の米問屋・奈良屋が襲われ主人と番頭が殺された。大黒柱を失った弱みにつけ込み同業者が難題を持ち込む。しかし雲井はその裏に、十数年前江戸市中を震撼させ姿を消した凶賊の気配を感じ取った！

百眼の賊
火盗改鬼与力
鳥羽　亮
火事を知らせる半鐘が鳴る中、「百眼」の仮面をつけた盗賊が両替商を襲った。手練れを擁する盗賊団「百眼一味」は公然と町奉行所にも牙を剝く。ひるむ八丁堀をよそに、竜之介ら火盗改だけが賊に立ち向かう！

虎乱
火盗改鬼与力
鳥羽　亮
火盗改同心の密偵が、浅草近くで斬殺死体で見つかった。密偵は寺で開かれている賭場を探っていた。寺での事件なら町奉行所は手を出せない。残された子どもたちのため、「虎乱」を名乗る手練れに雲井が挑む！

夜隠れおせん
火盗改鬼与力
鳥羽　亮
待ち伏せを食らい壊滅した「夜隠れ党」頭目の娘おせん。父の仇を討つため裏切り者源三郎を狙う。一方、火盗改の竜之介も源三郎を追うが、手練二人の挟み撃ちに…大人気書き下ろし時代小説シリーズ第6弾！

極楽宿の刹鬼
火盗改鬼与力
鳥羽　亮
火盗改の竜之介が踏み込んだ賭場には三人の斬殺屍体が。事件の裏には「極楽宿」と呼ばれる料理屋の存在があった。極楽宿に棲む最強の鬼、玄蔵。遣うは面斬りの太刀！　竜之介の剣がうなりをあげる！

角川文庫ベストセラー

火盗改父子雲　鳥羽亮

日本橋の薬種屋に賊が押し入り、大金が奪われた。逢魔が時に襲う手口から、逢魔党と呼ばれる賊の仕業と思われた。火付盗賊改方の与力・雲井竜之介と引退した父・孫兵衛は、逢魔党を追い、探索を開始する。

二剣の絆　火盗改父子雲　鳥羽亮

神田佐久間町の笠屋・美濃屋に男たちが押し入り、あるじの豊造が斬殺された上、娘のお秋が攫われた。火盗改の雲井竜之介の父・孫兵衛は、息子竜之介とともに下手人を追い始めるが……書き下ろし時代長篇。

七人の手練　たそがれ横丁騒動記㈠　鳥羽亮

年配者が多く〈たそがれ横丁〉とも呼ばれる浅草田原町の紅屋横丁では、難事があると福山泉八郎ら七人が協力して解決し平和を守っている。ある日、横丁の店主に次々と強引な買収話を持ちかける輩が現れて……。

天狗騒動　たそがれ横丁騒動記㈡　鳥羽亮

浅草で女児が天狗に拐かされる事件が相次ぎたそがれ横丁の下駄屋の娘も攫われた。福山泉八郎ら横丁の面々は天狗に扮した人攫い一味の仕業とみて探索を開始。一味の軽業師を捕らえ組織の全容を暴こうとする。

守勢の太刀　たそがれ横丁騒動記㈢　鳥羽亮

浅草田原町〈たそがれ横丁〉の長屋に独居し、武士に生まれながら物を売って暮らす阿久津弥十郎。ある日三人の武士に襲われた女人を助けるが、それをきっかけに横丁の面々と共に思わぬ陰謀に巻き込まれ……？